LES GOSSES

VALÉRIE CLO

LES GOSSES

roman

BUCHET ✲ CHASTEL

ISBN : 978-2-283-02650-2

Qu'est-ce donc que le mauvais goût? C'est invariablement le goût de l'époque qui nous a précédés. Tous les enfants ne trouvent-ils pas leur père ridicule?

Flaubert

Depuis quelques mois, je ne sais pas ce que j'ai, je n'arrête pas de regarder les femmes qui ont passé la cinquantaine. Je fais une sorte de tri mental entre celles qui sont encore séduisantes et les autres, celles qui sont passées de l'autre côté, qui en quelque sorte ont déjà renoncé. Quand j'en vois une qui a du charme, je ne la quitte plus des yeux, j'essaie de comprendre comment elle fait. Est-ce parce qu'elle s'entretient ou est-ce ce qui émane d'elle qui la rend aussi belle ? J'ai envie d'aller l'embrasser, lui demander quel est son secret, lui dire à quel point elle me fait du bien. Qu'elle continue comme ça, elle est un espoir pour toutes les femmes. Elle donne envie de vieillir. Est-ce que je peux la prendre en photo ?

Il m'arrive aussi de plus en plus souvent de vieillir les gens. Je regarde quelqu'un et je lui donne plus qu'il n'a en réalité. Pas plus tard qu'hier, j'ai donné cinquante-cinq ans à une femme qui témoignait à la télé. Son âge s'est affiché en bas de l'écran : quarante-deux ans. Le mien. J'ai couru me regarder dans la salle de bains. Je me suis dit que ça y était, je ne me rendais plus compte de mon âge. Ma mère soutient qu'il arrive un moment dans la vie où on ne se voit plus tel que l'on est. On a une image de soi, le plus souvent jeune bien sûr, qui s'est imprimée dans notre mémoire et qui ne correspond plus à notre âge dans la réalité. Eh ben ça y est, je suis en plein là-dedans.

Au mois de juin dernier, mon fils a raté son bac. Pour la rentrée, il a pris une grande décision : réfléchir au sens qu'il veut donner à sa vie. En attendant de trouver, il a décidé de faire des petits boulots pour se confronter au monde du travail et savoir s'il veut poursuivre ses études après. Son père, mon ex-mari, lui a rigolé au nez et lui a dit qu'il ne lui donnait pas trois mois avant de se réinscrire en terminale pour repasser son bac. Qu'il allait vite se rendre compte de l'importance des études pour faire un vrai métier. Mon fils lui a signalé que si avoir un vrai métier, c'était de se faire exploiter comme lui à longueur d'année, pour ensuite être viré comme un con à cinquante ans, ça ne lui donnait pas envie. Il préférait encore profiter de la vie.

Depuis qu'il est ado, mon fils est toujours allongé. Je ne le vois jamais debout. Assis, oui, quand il est à table avec nous, et encore je suis gentille, avachi serait plutôt le mot exact. Le reste du temps, il est affalé en travers de son lit, bien calé avec tous les coussins qu'il a pu trouver dans la maison, son ordinateur portable posé sur sa table de chevet. Ou bien il est étendu de tout son long sur le canapé, devant la télé, son ordinateur sur les jambes. Un jour, je l'ai même trouvé allongé sur le sol de la cuisine. En l'enjambant, je lui ai demandé ce qu'il faisait par terre ? Il m'a répondu, je réfléchis. Quand je fais remarquer à mon fils qu'il est toujours allongé, il me rétorque qu'il est crevé, et puis, quand il se lève, il a la tête qui tourne. Avec son père, on est très inquiets. C'est pas possible, cette fatigue. Son père pense que c'est la fumette. Moi, je crois plutôt qu'à force d'être allongé, son cerveau finit par être mal irrigué.

Avec ma fille, la grande, c'est une autre histoire. Elle a seize ans et rentre en première. Elle met toute son énergie à ne pas me ressembler. Elle trouve que je ne m'occupe pas assez de moi et que je pourrais faire des efforts, surtout en ce qui concerne mes tenues vestimentaires. Toutes les mères de ses copines s'habillent « classe », et moi je suis toujours en jean-baskets. Pourquoi je ne porte jamais de talons, par exemple? Elle m'aime et n'a pas envie que je ressemble à un sac ou à une vieille, d'autant que je suis la plus jeune des mères de ses amies. Je ne peux pas sortir sans qu'elle me fasse un commentaire détaillé de ma tenue. Pour aller chercher le pain, elle est capable de me faire changer de vêtements.

– Tu vas pas sortir comme ça?

– Oui, c'est vrai, on ne sait jamais, si je rencontre le président de la République !

Le soir, si je sors, je l'évite. Elle pourrait me faire regretter pendant des heures d'avoir mis cette petite robe noire très chic que j'ai achetée exprès pour l'occasion. Je n'ai pas envie d'être mal à l'aise toute la soirée.

Ma fille est toujours tirée à quatre épingles. Elle ne sort jamais dans la rue si elle n'est pas lavée, maquillée, coiffée. Inutile de lui proposer d'aller chercher des croissants au saut du lit. Elle ne veut pas non plus faire les courses au Monoprix du coin. Elle connaît tout le monde. J'aimerais comprendre. Est-ce qu'il y a quelque chose d'humiliant à faire ses courses au supermarché et à dire bonjour si on rencontre quelqu'un ? Elle n'a pas envie de « se taper la honte ». Elle préfère faire les courses loin, dans la ville d'à côté. Incognito.

Ma fille ne comprend pas pourquoi je ne mets jamais de vernis. Elle me montre ses ongles, rouge vif. Je lui dis que pour aller au lycée ce n'est peut-être pas ce qu'il y a de plus approprié. Elle me répond qu'on n'est plus à mon époque. Moi j'ai l'impression qu'on est toujours à mon époque justement. Mais de quelle époque elle parle ?

Ma fille m'a fait remarquer que j'avais de plus en plus de cheveux blancs et de points noirs, la peau plus sèche et les dents plus jaunes qu'avant. Oh elle a été gentille, elle ne m'a pas balancé tout ça le même jour. Non, elle a fragmenté. C'est moins douloureux lorsque c'est distillé à doses homéopathiques dans différentes conversations. On y fait moins attention, c'est moins angoissant que là, mis bout à bout. Mais, moi, la synthèse, je l'ai faite. Et elle est accablante. C'est bien ce que je pensais, je commence à vieillir. Je suis en haut de la pente douce, prête à entamer la longue glissade.

Heureusement qu'il y a ma dernière de neuf ans qui trouve que je suis encore la plus belle des mamans.

Avec mon ex-mari, on s'est séparés il y a deux ans, après presque vingt ans de vie commune. On ne se supportait plus. Surtout moi. On n'arrêtait pas de se disputer, on n'était plus d'accord sur rien, c'était devenu un enfer. Après quelques semaines de réflexion, on a décidé d'un commun accord que c'était mieux pour tout le monde qu'il prenne un appartement. Même si depuis un an, il vit avec une femme plus jeune que lui, il semble avoir du mal à renoncer à l'idée de la famille. Pour moi, ce qui est difficile surtout, c'est de me retrouver seule à table avec les enfants. J'avoue qu'il n'y a plus la même ambiance. J'ai souvent une boule au ventre et l'envie d'appeler mon ex-mari pour qu'il vienne dîner avec nous. Je me raisonne pour les enfants, j'ai peur que ça les perturbe. J'ai lu quelque part que, dans les divorces, il fallait bien séparer la vie chez papa et la vie chez maman. Je crains aussi que mon ex-mari ne se fasse des idées et que ça complique les choses inutilement. Pourtant, si je m'écoutais, je lui demanderais de venir dîner avec nous tous les soirs.

Mes parents sont mariés depuis quarante ans et trouvent ridicule de divorcer juste parce qu'on ne s'entend plus. Ma mère a voulu savoir s'il y avait eu faute. Je lui ai dit que si elle voulait parler d'infidélité, il n'y en a pas eu, en tout cas pas de mon côté. Alors elle ne comprend pas. Encore, si j'avais trompé mon mari, ou vice versa, elle pourrait le concevoir. C'est là qu'elle m'a appris qu'avec mon père, ils ont failli se séparer un jour parce qu'elle a eu un amant. Elle a commencé à me raconter en détail. Je l'ai arrêtée, je ne voulais pas en savoir davantage. Tout ça pour dire qu'ils avaient failli divorcer pour quelque chose de sérieux. Mais là…

Ma mère me trouve trop raisonnable, pas assez olé-olé. Au moins, je devrais en profiter maintenant que je ne suis plus avec mon ex-mari. Elle, si elle n'était pas avec mon père, elle ne se ferait pas prier.

Ma mère m'a toujours trouvée très belle, encore plus maintenant que je suis « une vraie femme », entendu une femme « mûre ». Elle pense que je ferais bien de prendre conscience de l'énorme charme que je dégage. Elle trouve que j'ai une poutre dans l'œil, et que si je me donnais la peine de regarder autour de moi, je verrais que tous les hommes sont à mes pieds. Oui, tous les hommes. Moi, je veux bien mais j'ai beau me tourner dans tous les sens, je ne vois personne. À part, peut-être, mon ex-mari qui me regarde encore comme un vieux doudou qu'on a du mal à lâcher. Ma mère a toujours exagéré. Déjà, quand j'avais seize ans, elle me trouvait plus belle que les mannequins à qui je rêvais de ressembler, les Claudia Schiffer, Monica Bellucci, Cindy Crawford. C'est simple, aucune ne m'arrivait à la cheville. Je ne peux pas me fier à elle. Question beauté, elle n'a aucune objectivité.

À table, avec les enfants, on ne peut plus parler de rien. Soit ils monopolisent la discussion, parlent très fort, très vite, et on n'entend qu'un mot sur deux. Ils racontent des histoires incompréhensibles et débiles. Soit ils font la gueule, on ne sait pas pourquoi. Et si on a le malheur de leur demander ce qui ne va pas, ils nous foudroient du regard comme si on venait de les injurier. Souvent ils me coupent l'appétit.

Par contre, eux, ils ont rarement l'appétit coupé. Ils dévorent, surtout mon fils. Je ne sais pas comment il fait celui-là pour manger autant, être aussi inactif, et rester aussi mince.

Un matin, j'ai trouvé, au pied de son lit, le gros pot de Nutella, le familial, tout neuf, que j'avais acheté la veille, vide, une cuillère à soupe dedans. Je me suis dit, c'est pas possible, il ne s'est pas envoyé le pot de Nutella à lui tout seul dans la nuit. Là, il devient fou. Il va avoir une indigestion, être malade, ou au moins ne plus avoir faim pendant trois jours. Pas du tout. Il s'est levé, comme si de rien n'était, m'a à peine dit bonjour, il s'est assis en face de moi à la table du petit déjeuner, a rempli son bol de céréales, a versé un quart de litre de lait dessus, il s'est fait griller deux tartines de pain qu'il a beurrées généreusement. Il a voulu savoir s'il restait du Nutella. Je lui ai demandé s'il plaisantait. Il a souri et mordu dans sa tartine. Je le regardais dévorer et je repensais à ce que m'avait dit son père à propos de l'herbe. Il avait lu quelque part que fumer donnait très faim. Il avait peut-être raison, il se droguait. À un moment, mon fils m'a suppliée d'arrêter de le regarder comme une psychopathe, dès le matin, ça le faisait vraiment flipper.

Quand je suis énervée, mes enfants trouvent que je ressemble à une sorcière qui va trucider tout le monde. J'ai questionné mon ex-mari, est-ce qu'il comprenait ce que cela signifiait ? Il m'a répondu, « oui, c'est quand tu fais une tête bizarre, celle où je te dis que tu ressembles à ta mère ».

J'ai dit à ma fille, la grande, que maintenant, il fallait qu'elle arrête de sortir tous les soirs. C'est bientôt la rentrée. Il faut reprendre le rythme, se poser, réfléchir. Elle m'a rappelé qu'elle allait réfléchir toute l'année avec ses cours au lycée. Et puis ça va, elle est encore en vacances. Je ne vais pas lui « pourrir » ses derniers jours. Après, ça va être l'horreur, la prison pendant un an, les profs qui vont être « trop chiants ». Il va falloir travailler tous les soirs, elle ne pourra plus sortir. Ça va être la mort. Les mères de ses amies comprennent, elles, que ça va être très dur, elles laissent sortir leur fille jusqu'au dernier moment. Il n'y a que moi qui lui interdis toujours tout. Moi, de toute façon, je veux lui gâcher ses plus belles années parce que je suis jalouse. Je ne relève pas et lui signale que, heureusement, des belles années, elle en aura encore. Peut-être même qu'elles seront meilleures après. Moi, par exemple, mes plus belles années, ce sont celles de mes trente ans, vous étiez petits, j'adorais mon métier, votre père, je me sentais bien dans ma peau, c'était une période merveilleuse. Elle me regarde avec une mine de dégoût, et me dit que ça ne lui donne pas envie. Après, ça a l'air trop nul. On est obligé de travailler et de s'occuper des enfants. De toute façon, elle n'a pas envie d'en avoir. Si c'est pour qu'ils soient chiants et critiquent tout ce qu'elle fait…

Ma fille est un mélange de candeur et de cruauté, un cœur fondant enrobé d'acidité. Selon son humeur ou ce qu'elle vit, elle oscille entre une naïveté désarmante et une dureté terrifiante. Je ne sais jamais à quoi m'attendre. D'une manière générale, elle n'aime pas la faiblesse, surtout la mienne. Elle déteste me voir pleurer. Elle peut alors se montrer sans pitié et m'assener le coup de grâce sous forme d'une petite phrase assassine qui m'achève chaque fois. Contrairement à la dernière qui, lorsque je suis triste, se met à pleurer avec moi. Je ne peux donc plus pleurer en paix dans cette maison, je suis obligée de me cacher. Lors de la séparation avec leur père, c'était pratique ! Il m'arrivait de me précipiter dans les toilettes et d'en ressortir une heure après les yeux rouges et la gorge serrée, encore pleine de chagrin.

En fait, j'observe aussi avec beaucoup d'attention les actrices séduisantes qui ont passé la cinquantaine – sans chirurgie esthétique, bien sûr. Je cours vérifier leur âge sur Internet. Quand l'une d'entre elles passe à la télé, je demande à mes enfants de se taire, je suis suspendue à ses lèvres. On ne sait jamais, si elle donne un de ses secrets de beauté.

J'ai toujours été sujette à une légère déprime entre dix-huit et dix-neuf heures. Encore plus depuis que j'ai des enfants. La transition entre la fin de la journée et le début de la soirée m'angoisse. L'heure où l'on se pose la question de ce que l'on va faire à dîner sans que ce soit encore le moment de s'y mettre. Ce passage à vide, entre chien et loup, m'oppresse. Il me donne envie de boire un petit verre. L'idéal serait que je dorme pendant une heure et que je me réveille une fois la nuit tombée.

Chaque rentrée scolaire, je déprime aussi. La course aux fournitures, aux vêtements-premier-jour-de-rentrée, le monde dans les magasins, raconter mes vacances aux voisins, aux parents d'élèves que je croise, les inscriptions au poney, à la danse, au hip hop, à la guitare, les papiers à remplir, les formulaires d'assurance scolaire que je ne retrouve jamais, les livres à couvrir, les rendez-vous chez le médecin, les vaccins à faire, les réunions de parents d'élèves, le prof de maths à trouver, les devoirs à surveiller et les tensions qui en découlent… Les grands qui font encore plus la gueule que d'habitude et la petite qui est surexcitée. Chaque rentrée scolaire, une chape de plomb me tombe dessus.

En fait, en y réfléchissant, je déprime aussi à Noël.

Je travaille à la maison, et mes enfants n'ont pas compris que j'avais un métier. Ils me voient dessiner sur mon ordinateur et pensent que je m'amuse. Mon petit bureau devient un moulin à vent. Ils rentrent et sortent sans aucune gêne. Ils me posent des questions alors que je suis au téléphone avec un client. Et comme je ne peux pas leur répondre, ils insistent. Je suis obligée de faire ma tête de sorcière pour qu'ils cessent.

Je suis étonnée aussi de constater à quel point mes enfants ne s'intéressent pas à ce que je fais. Ils ne me posent jamais de questions. Et, lorsque je tombe à la télé sur un dessin animé auquel j'ai participé et que je leur propose de venir voir, ils traînent les pieds. C'est limite si je ne les martyrise pas en les obligeant à regarder un bout de dessin animé. Dernièrement, mon fils m'a demandé pourquoi je ne passais pas à la réalisation de long-métrage maintenant. Au moins, ça serait cool, ils pourraient aller aux avant-premières et rencontrer des stars.

Au fond, il n'y a qu'une chose qui les intéresse : c'est de savoir si mon salaire a été versé et combien j'ai gagné ce mois-ci. Sur ce point, ils n'oublient jamais de se renseigner. Avant de me faire acheter quelque chose, ils s'assurent que j'ai de quoi. Surtout ma grande. Je ne sais pas ce qui s'est passé avec elle pour qu'elle m'associe à ce point à la consommation. J'ai l'impression que maman égale acheter. Partager un petit moment avec sa mère, veut obligatoirement dire faire les magasins.

– Tu ne veux pas plutôt qu'on se fasse un petit resto, un ciné ou un musée ?
– Non mais t'es sérieuse, maman ?

Parfois, je regarde mes enfants s'agiter et je mets la sourdine. Je coupe le son. Je vois bien qu'ils s'énervent, ils font de grands gestes et même les gros yeux. Ils me réclament quelque chose sans doute. Je m'en fous. Je n'entends plus.

Dernièrement, chez le coiffeur, je me suis fait peur. Je bavardais avec lui tout en m'observant du coin de l'œil dans la glace. À un moment, je me suis mise à rire et là j'ai eu un choc. J'avais un paquet de rides autour des yeux. De nouvelles que je n'avais pas vues venir. Du coup, j'ai arrêté net de rire, et même de parler. J'ai fait la tête, c'était moins catastrophique.

Il n'y a pas longtemps, j'attendais ma grande dans la voiture. Elle devait récupérer des affaires chez une amie. J'ai eu envie d'allumer une cigarette. Il faisait beau, j'ai baissé la vitre, les rayons du soleil chauffaient mon visage, c'était bon. Quand ma fille est revenue vers moi et qu'elle m'a aperçue en train de fumer, elle s'est arrêtée devant le capot de la voiture et a éclaté de rire, pliée en deux. À tel point que, ma cigarette à la main, je suis sortie de la voiture pour comprendre ce qui se passait. Entre deux éclats de rire, elle m'a lancé :

– Non mais t'es trop ridicule avec ta cigarette, on dirait que tu joues à la jeune !

– Pourquoi, il n'y a que les jeunes qui fument maintenant ?

Je ne peux pas fumer non plus devant la petite sans qu'elle me fasse un sermon sur les dangers du tabac. Elle me sert en boucle la tirade qu'elle a apprise à l'école et me regarde tellement de travers qu'elle finit par me gâcher ma cigarette. J'ai l'impression d'avoir treize ans et de fumer devant ma mère. O.K., ça va, je l'écrase.

Un soir, j'ai craqué, j'ai proposé à mon ex-mari de venir dîner avec nous. C'était exceptionnel, c'était la veille de la rentrée. Enfin, pour les filles, parce que mon fils, lui, était plutôt en recherche de travail intensive. Il ne s'est pas fait prier, il est arrivé tout content, sourire jusqu'aux oreilles. Ça va, les enfants? Alors demain, c'est la rentrée? Mes enfants n'avaient pas l'air contents de le voir, ils pensaient certainement manger vite fait et passer une petite soirée tranquille devant leur ordinateur. C'est raté, ils vont devoir réfléchir. Parce qu'avec leur père, c'est au moins une heure à table, et quiz de rentrée. Ils n'échapperont pas non plus au monologue spécial reprise scolaire et à la séquence souvenirs. Moi, pendant ce temps-là, j'aurai la paix. Je pourrai m'éclipser et aller fumer une cigarette à la fenêtre de la cuisine, ni vu ni connu.

Je crois que le vrai problème de mon fils, c'est que c'est un grand sentimental. Depuis qu'il est petit, il a besoin d'être amoureux, sans quoi il a l'impression que sa vie n'a aucun sens. On dirait que l'amour est son seul centre d'intérêt. Le monde pourrait s'effondrer autour de lui, s'il est amoureux, il s'en fout. Sa copine devient son unique préoccupation, il se met à vivre à travers elle et à ne penser qu'à elle. Elle passe avant tout, et surtout avant lui. Donc, très rapidement, elle n'en peut plus, elle étouffe et finit par le larguer. Et là, c'est le drame – et le début des ennuis pour moi. Il ne comprend pas, il lui a pourtant tout donné. J'ai bien essayé de lui expliquer qu'il ne fallait pas tout donner justement, qu'il fallait en garder aussi un peu pour lui. Les filles n'aiment pas qu'on soit à leurs pieds. Il faut les faire mariner un peu, les rendre jalouses, leur faire comprendre que rien n'est acquis, c'est comme un jeu. Il m'a répondu que c'était un jeu tordu et qu'il n'y comprenait rien. Lui, quand il aime, il n'a pas envie de jouer justement, il a envie d'être sincère et de donner tout son amour. Il serait capable de traverser Paris pieds nus si la femme qu'il aime le lui demandait. Je lui ai dit qu'il n'y a aucune raison qu'elle lui propose une chose aussi idiote et que, franchement, il avait autre chose à faire dans la vie. Mon fils m'inquiète parfois. Je crains qu'il ne souffre terriblement dans sa vie sentimentale.

Quand il me présente une nouvelle copine, je tremble. Pourvu qu'elle ne le fasse pas souffrir, qu'elle s'accroche. J'aimerais tellement que ce soit la bonne, ma future belle-fille. Alors, j'aide un peu, je mets le paquet pour que tout se passe bien, je suis très gentille et je leur facilite la vie. Je m'investis à fond, je me plie en quatre, j'y crois, je suis un amour de belle-mère, prête moi aussi à traverser Paris pieds nus avec lui, s'il le faut.

Ma fille n'emmène jamais d'amie à la maison quand son frère n'est pas en main. Elle dit qu'il devient trop « relou », qu'il s'incruste dans les discussions et qu'il fait le beau. On dirait un vautour.

*

Mon fils a trouvé un petit boulot au Monoprix du coin. Le même que celui où ma fille ne veut pas aller parce qu'elle a peur de croiser quelqu'un qu'elle connaît. Quand il le lui a dit, elle a hurlé et lui a demandé s'il était sérieux ? Ne me dis pas que tu vas aller bosser dans ce lieu pourri ? Elle a ajouté que ça lui « tapait la honte que son frère fasse le caissier et qu'elle n'y mettrait plus jamais les pieds ». Je lui ai alors fait remarquer qu'elle n'avait pas attendu que son frère y travaille pour ne plus s'y rendre. Mon fils l'a traitée de bourgeoise et lui a dit d'aller réviser ses cours. Lui au moins, il ne va pas perdre son temps à faire des études, il va rentrer direct dans le monde du travail, gagner de l'argent. Et puis il ne va pas être à la caisse, il va aider dans les rayons, porter les cartons, ranger.

C'est sûr, c'est beaucoup mieux.

Contrairement à ma fille, mon fils parle toujours très calmement, jamais un mot plus haut que l'autre. Pour lui, rien n'est jamais grave et tout finit par s'arranger. Il faut prendre la vie comme elle vient, il y a une solution à chaque problème. No stress, no contrainte. Cool. Cela énerve beaucoup mon ex-mari qui prend ce calme pour de la mollesse et un manque d'énergie. Encore un signe de la fumette. Quand j'exprime à mon ex-mari mes doutes quant au fait que notre fils se drogue, il me traite de naïve : « Qu'est-ce que tu crois qu'il fait quand il sort le soir avec ses potes ? Pourquoi à ton avis, tu retrouves, le matin, la fenêtre de sa chambre grande ouverte alors qu'il fait un froid de canard ? Et pourquoi derrière la porte il y a une serviette en éponge roulée par terre ? Pourquoi il est mou et qu'il dévore la nuit ? » Il me conseille de me réveiller et de le surveiller de plus près. Tiens, de fouiller sa chambre et ses poches, par exemple.

Dans un article sur les ados, j'ai lu qu'il fallait faire attention avec l'herbe, ça pouvait être la porte ouverte à d'autres produits, plus forts et plus dangereux. C'est peut-être pour ça qu'il n'arrivait plus à se concentrer l'année dernière et qu'il n'a pas eu son bac. Si ça se trouve, mon fils a déjà le cerveau attaqué.

Je travaille régulièrement avec un graphiste. On a le même âge. C'est un grand gaillard, barbu, plein de vitalité, marié, avec deux enfants, un bon vivant qui ne peut pas s'empêcher de draguer les filles. Je crois qu'il est quand même un peu obsédé. Chaque fois qu'on se voit pour travailler, c'est la même rengaine. Avant de commencer, c'est l'incontournable quart d'heure de drague, mais bien lourde alors, avec les gros sabots et tout. Pas moyen d'y échapper. Ça me fait sourire et je suis toujours surprise qu'une fille puisse se laisser séduire par des boniments aussi communs. Mais à l'entendre, ça marche. Il n'y a que moi qui refuse de me laisser surprendre, qui ne veux pas profiter du moment présent, des cadeaux que la vie nous offre parfois, une coincée, quoi ! Il me rappelle que le temps passe et qu'il ne travaille pas pour moi, je devrais y réfléchir. Il me reste quoi ? Allez, au bas mot, encore cinq-six ans de potentiel séduction. Ça serait bête qu'à cinquante ans, je me réveille et commence à regretter.

Il y a encore deux ans, quand il me faisait son quart d'heure séduction, ça ne me faisait ni chaud ni froid. Je l'écoutais à peine, je me disais, non mais quel dragueur celui-là, il n'a vraiment peur de rien. « Allez, arrête ton char, va draguer la voisine et laisse-moi tranquille, on a du travail là. » Mais depuis quelque temps, je me surprends à l'écouter, il me semble que ses mots prennent un autre sens, une couleur différente, une profondeur derrière leur apparente légèreté. Ce n'est pas de l'amour, c'est l'inconnu, l'instant présent, une sorte de douce sensualité, un sentiment d'être en vie. Je me surprends à m'imaginer nue contre son corps lourd, en train de frotter mon visage contre sa barbe.

Ça y est, ma vieille, là t'es cuite, tu te mets à divaguer, à angoisser sur le temps qui passe et que tu ne pourras plus rattraper. Tu commences à voir les choses autrement. Tu ne voulais pas croire que ça arrive si vite. C'est venu doucement, à pas de velours, sans que tu t'en aperçoives. Trop occupée à te consacrer à ton mari, à tes enfants, à ton travail. Mais l'horloge, elle, elle s'en fout, elle tourne, elle n'attend pas. Elle est silencieuse pendant des années, presque invisible et, un jour, tu ne sais pas pourquoi, elle se met à sonner. Fort. T'entends plus qu'elle. Elle devient obsédante. Il est urgent de se réveiller avant que ce soit la fin des haricots. Tu commences alors à voir et à entendre des choses que tu ne voyais pas et n'entendais pas avant. Le tout accompagné d'une baisse d'hormones et d'énergie. Tu commences à vieillir.

Quand je suis dans la rue avec ma fille, la grande, elle marche toujours loin devant moi. Comme si on ne se connaissait pas. Il ne faut pas qu'on la voie avec sa mère, « ça fait pitié ». C'est comme si c'était la honte d'avoir des parents et encore plus de les montrer. On veut bien les tolérer pour les courses, les repas, le linge, l'argent, mais il faut qu'ils restent cachés, bien planqués à la maison. Pourquoi ils auraient besoin de sortir d'abord ? Ils sont vieux. Ma fille marche devant moi, perchée sur ses talons compensés, cheveux au vent, longs et lissés, impeccable dans son leggings et sa petite veste cintrée. Moi, je cours derrière, avec mes baskets et mon éternel jean délavé, mon vieux pull enfilé à la hâte parce que madame était pressée, les cheveux à peine coiffés, relevés en chignon désordonné. Je cours et j'ai envie de pleurer. Je ressens un terrible coup de vieux. Je m'arrêterais bien fumer une petite cigarette pour l'emmerder.

Quand elle était petite, dans la rue, elle me donnait la main, se serrait fort contre moi. Elle s'arrêtait pour me faire un bisou. Elle clamait que j'étais la plus belle des mamans. Ses yeux brillaient, elle était fière. Moi, je souriais, c'était touchant et si mignon. Naïvement, je pensais que ça durerait toujours. Je ne savais pas ce qui m'attendait. J'étais loin d'imaginer que, bientôt, elle me débarquerait sans prévenir et sans ménagement de mon piédestal. Que j'allais passer en quelques mois du Top 50 à l'has-been. Personne ne nous prévient, c'est comme pour l'accouchement. Motus et bouche cousue, on ne parle pas des choses qui fâchent.

Quand le soir, la petite, avant de s'endormir, me réclame un câlin, me serre fort dans ses bras et me dit en boucle qu'elle m'aime, qu'elle a de la chance, que je suis la maman la plus formidable du monde, j'ai du mal à ne pas penser à sa future métamorphose. L'instant présent prend presque une dimension sacrée. Il faut que j'en profite au maximum avant que ça ne s'arrête, parce que bientôt ça ne sera plus la même chanson. Elle en chantera une autre, moins glamour. Je la prends contre moi, je savoure le moment et je compte les années qu'il me reste avant de passer du côté des ringards. Allez, il me reste quoi? Encore trois ou quatre ans.

Quand je regarde ma fille, la grande, qui hurle pour un oui ou pour un non, et mon fils, affalé sur le canapé, avec ses pieds taille 47 qui dépassent, je me demande si ce sont bien mes enfants. Qui sont ces deux jeunes gens dans mon salon? À qui appartiennent-ils? Il faut absolument que leurs parents viennent les chercher. Ils ne vont pas pouvoir rester là. Non, non, non, c'est pas possible.

L'été, les deux grands sont rarement là. Ma fille part avec ses amies et mon fils avec la copine du moment. Je reste avec la petite. Elle est collée à moi comme une huître à son rocher. Elle ne peut pas rester seule une minute. Si je travaille, elle transporte toute sa chambre dans mon bureau. Elle me suit dans tout l'appartement, de pièce en pièce. « Bon, je peux aller aux toilettes tranquille quand même ? » Au début, quand ils ne sont pas là, je respire. Je prends la petite dans les bras, je danse avec elle, la fais virevolter, elle rit. Je suis libre, libre. Plus de gueules à table, plus de courses gargantuesques et de lessive chaque jour, plus de critiques de tout ce que je fais, plus de grappe d'ados qui squattent mon salon. Je peux m'habiller comme je veux, mettre à fond la musique classique, fumer le soir quand la petite dort, je peux recevoir qui je veux. Bref, je suis chez moi.

À la fin des vacances, la petite pleure. Elle dit que la maison est vide et que les grands lui manquent. Elle s'ennuie avec moi, je ne suis pas drôle, je ne veux jamais jouer avec elle. Avec son frère, au moins, elle fait des parties d'Uno. Avec sa sœur, elle joue à la poupée, et parfois même sa sœur la maquille. Tous les trois, ils jouent au loup-garou, mais moi je ne comprends rien à ce jeu de cartes. Alors, on va dans la chambre de mon fils, on range un peu, puis on va dans celle de ma fille, on regarde les photos aux murs, on s'assied sur son lit une place et demie, et on pleure, l'une contre l'autre. On a hâte qu'ils rentrent.

Souvent, quand les copines de ma fille viennent dormir à la maison, le matin, elles débarquent prendre leur petit déjeuner en tee-shirt culotte. Avec un naturel désarmant, elles se baladent les fesses à l'air dans la maison. Mon fils n'en perd pas une miette. J'ai expliqué à ma fille qu'elle devrait suggérer à ses copines de passer un pantalon ou un short, c'est gênant à la fin, il y a quand même un homme à la maison, certes jeune, mais un homme qui n'a pas les yeux dans sa poche. « Et quand tu les invites chez ton père, elles se baladent comme ça, le cul à l'air ? » Elle me rétorque

que je suis vraiment relou et qu'il n'y a que moi que ça dérange, son père et son frère ne font pas tant d'histoires, eux ça ne les gêne pas.

Pour son premier jour au Monoprix, mon fils a demandé à son patron s'il pouvait partir une heure plus tôt, il a prétexté un rendez-vous chez le psy pris depuis longtemps et qu'il ne pouvait pas déplacer. En réalité, c'était pour aller chercher sa copine à la sortie du lycée et parce qu'il était crevé, il a décrété que c'était un boulot de malade et qu'il avait porté des cartons de ouf toute la journée. Je lui ai dit qu'il était complètement inconscient : il veut se faire virer ou quoi ? Tout de suite les grands mots, il a soufflé. Ça va, je ne vais pas en faire un fromage, il était juste fatigué. En plus, ils lui ont gratté dix minutes sur sa pause déjeuner. Je lui ai signalé que c'était bien le moment de faire le syndicaliste ! Quand son père l'a appris, il est devenu fou, il ne s'arrêtait plus de crier. Jamais de sa vie il n'avait vu ça, qu'on ose partir plus tôt le premier jour de son travail, ça n'existe pas, même en rêve. Et plus, pour une excuse bidon, parce que le coup du psy, c'est quand même le pompon. Je lui ai fait remarquer que c'était peut-être un signe, un appel au secours parce qu'il avait vraiment besoin de se faire suivre. Mon ex-mari ne croit pas au signe, encore moins au psy. Il croit surtout que notre fils a un grand poil dans la main et qu'il est partisan du moindre effort. Non, ce qu'il faudrait, c'est qu'il fasse du sport. Genre un sport d'endurance, comme l'athlétisme pour développer son goût de l'effort. Parce qu'il faut bien reconnaître que l'effort et l'énergie sont chez lui à leur plus bas niveau.

Ma fille, la grande, mesure un mètre soixante-treize, pèse soixante kilos. Elle est musclée comme une gymnaste professionnelle alors qu'elle non plus ne pratique aucun sport. Elle est belle à tomber, elle a seize ans, on dirait qu'elle en a dix-huit.

Dans la même journée, elle peut se montrer d'une grande maturité, d'une vraie force de caractère, donnant des leçons de vie et des conseils à la terre entière. Et le soir, me supplier de dormir avec elle parce qu'elle a peur dans le noir. Dans sa chambre, elle entend de drôles de bruits qui viennent de sous son lit. Moi, je n'entends rien sinon peut-être quelques bruits d'eau qui coule dans les canalisations. Elle voit aussi des formes qui se découpent dans la nuit et se mettent à tanguer mais, quand je suis là, elles disparaissent. Il y a aussi les histoires de Dame Blanche que la petite lui raconte. Le soir, elle n'ose plus aller se démaquiller dans la salle de bains. Parfois, le matin, je la retrouve dans le petit lit de sa sœur, collée contre elle.

Je fais souvent le même rêve, enfin plutôt le même cauchemar. Mes enfants se transforment en espèces d'aliens, ils ont des bras et des jambes immenses qui traversent l'appartement et sortent par les fenêtres, ils prennent de plus en plus d'espace, deviennent tellement grands qu'ils n'arrivent plus à rentrer entièrement dans les pièces. Je suis obligée d'enlever toutes les portes.

Je les regarde se développer ainsi, impuissante, et j'ai peur qu'ils ne m'écrasent.

Très souvent, je me dispute avec ma mère à cause de l'éducation que je donne à mes enfants. Elle me critique tout le temps, elle trouve que je suis laxiste et pense que je parle trop avec eux. Il paraît aussi que je hurle sans arrêt et que ce n'est pas efficace. Elle me conseille d'être plus ferme et d'arrêter de discuter. Quand c'est non, c'est non, un point c'est tout. Pourquoi m'épuiser à expliquer et justifier mes comportements. D'une manière générale, ma mère me trouve épuisée, blanche et maigre, elle m'encourage à m'habiller avec un peu plus de couleurs et à mettre du rouge à lèvres si je veux me trouver un nouveau mari.

Je regarde ma mère assise en face de moi en train de boire son thé, enfoncée dans sa robe à volants verte et rouge, des créoles aux oreilles, les cheveux noir corbeau, le teint aussi hâlé que si elle revenait des Caraïbes, elle m'énerve. Elle a ce petit air suffisant de celle qui a toujours tout fait à la perfection, alors que je suis la première à savoir que ce n'est pas vrai. J'ai envie d'être méchante, je lui balance à la figure que, moi, je ne me débarrasse pas de mes enfants en les envoyant tous les quatre matins en colonie, alors qu'ils n'en ont pas envie.

Elle m'affirme que justement, c'est exactement ce que je devrais faire, que ça me ferait le plus grand bien. Qu'il est temps que je m'occupe de moi, au lieu d'être en permanence branchée sur leurs besoins à eux. Que si ça continue comme ça, mes enfants vont finir par m'écraser.

Pour mon anniversaire, mes enfants ont emprunté de l'argent à leur père et m'ont offert un coffret cadeau dans un salon de beauté. Un soin anti-âge absolu et un bain relaxant au lait d'ânesse, suivi d'un massage de vingt-cinq minutes à l'huile d'argan. Je suis sûre que ma mère est dans la combine, c'est l'institut dont elle me parle depuis deux ans. Il paraît que, dans l'état où je suis, je devrais souscrire à un abonnement mensuel. Je ne sais pas comment je dois le prendre.

Le bain relaxant, c'est une bonne idée, bien que le lait d'ânesse me paraisse suspect, mais l'anti-âge absolu, c'est tout de même un peu exagéré, je n'ai que quarante-deux ans. Qu'est-ce que ça sera quand j'en aurai dix de plus ? La prochaine fois, c'est sûr, je suis bonne pour l'injection de Botox.

Dans le linge sale, dans la poche du jean de mon fils, j'ai trouvé un petit sachet en plastique avec des restes d'herbe. Et je peux vous dire que ça n'avait pas l'odeur du tabac qu'on roulait quand on était ado. Du coup, j'ai fouillé dans sa chambre de fond en comble. Sous le lit, sous le matelas, dans l'armoire, dans et derrière les tiroirs de son bureau, je n'ai rien trouvé. J'étais prête à abandonner quand j'ai été attirée par sa guitare, triomphante, sur son socle au milieu de la chambre. À l'intérieur, il y avait une trentaine de petits sachets pleins d'herbe. Trente-deux, exactement. J'ai senti une vague d'angoisse me submerger. En plus d'être un consommateur de stupéfiant, mon fils était un trafiquant. Normal qu'il n'ait pas envie de travailler. Quand je pense qu'il fait son innocent quand on parle de drogue ou quand il y a un reportage à la télé. Alors que si ça se trouve, il ravitaille le quartier.

Quand j'ai demandé à ma fille si elle était au courant que son frère était un trafiquant de drogue, elle a éclaté de rire, tout le monde fume, sauf moi, bien sûr. Son frère n'est pas un trafiquant, il dépanne le voisinage.

– Comment ça le voisinage ?

– Oui, les voisins qui travaillent et qui n'ont pas le temps de s'en procurer. Ils savent que lui en a toujours.

En gros, elle est en train de m'expliquer que son frère est d'utilité publique. Il rend service aux gens du quartier qui bossent comme des fous et qui ont besoin de se détendre. Non mais heureusement qu'ils peuvent compter sur lui ! Et quand j'insiste pour savoir comment elle est au courant de tout ça, elle m'apprend que son frère est très connu dans le quartier. Comment, à mon avis, ses potes se fournissent ? Personne n’ose m’en parler, tout le monde connaît mes opinions de l’époque d’avant. Je crois que je suis en train de rêver. Peut-être même que je suis en plein cauchemar et que je vais bientôt me réveiller.

Quand je demande à mon fils qu’est-ce que c’est cette histoire de dépannage, il soupire, je ne vais pas l’emmerder pour trois feuilles de cannabis. Cool. Il n’est pas trafiquant d’héroïne. De toute façon, moi et son père, on ne comprend rien, on diabolise tout. Nous, on boit du vin. Lui, il fume de l’herbe. Je lui rappelle qu’à ma connaissance, le vin n’est pas interdit, l’herbe, oui. Il m’assure que c’est dommage parce que ça ferait du bien à un paquet de gens, à commencer par moi. Je devrais essayer, moi qui suis toujours stressée. Est-ce que je l’ai déjà vu énervé, lui ? Pourtant avec les parents qu’il a, question stress, il a une hérédité chargée. Je regarde mon fils me vendre sa marchandise et l’imagine faire du porte-à-porte dans notre immeuble en vantant les bienfaits de l’herbe. Si ça se trouve, les voisins pensent que c'est moi qui suis à la tête du réseau. C'est sûr, je ne vais plus oser sortir de la maison pendant des semaines.

Maintenant, dès que mes enfants ont les yeux rouges ou une faim anormale, je suspecte la consommation de cannabis. Je traque les indices, fouille leurs affaires, sens leurs vêtements. Même quand je croise un voisin, je me pose des questions. Je l'observe pendant qu'il me parle de la pluie et du beau temps, ses yeux en particulier. C'est peut-être un client régulier de mon fils et il me parle comme si de rien n'était, de la qualité de la baguette qui n'est plus ce qu'elle était depuis que la boulangerie a changé de propriétaire. J'ai l'impression de devenir folle avec cette histoire, et surtout je ne sais pas comment l'annoncer à mon ex-mari qui me traite de naïve depuis des mois. Je ne sais pas moi, comment je vais lui expliquer que son fils ravitaille tous les bobos du quartier.

En général, ma fille, la grande, me trouve trop faible avec son père, elle considère que je me laisse faire, et c'était pire quand on vivait ensemble. Je ne vois pas ce qu'elle veut dire. Je n'ai pas l'impression de me laisser particulièrement faire, ni maintenant, ni avant. Il paraît que c'était lui qui décidait de tout. De la destination des vacances, par exemple. Mais si ça me plaisait aussi ? Elle me répond que justement, c'est ça qui n'est pas normal, on ne peut pas avoir toujours exactement les mêmes goûts que son mari. Sinon, ça signifie qu'on est soumise.

Elle, plus tard, elle décidera, et c'est son mari qui suivra. De toute façon, elle n'a pas l'intention de se marier. Elle ne fera pas comme moi, rester vingt ans avec le même homme pour qu'il prenne après la première jeune qui passe. Elle n'entend pas quand je lui dis qu'avec son père, on s'est séparés d'un commun accord. Alors pourquoi papa a refait sa vie, et pas toi ?

Les trente-deux sachets d'herbe ont mis K.O. mon ex-mari. S'il se doutait que notre fils consommait, il ne s'attendait à ce qu'il dépanne. Il est resté silencieux un moment, puis il a tapé un gros coup sur la table avec son poing, ce qui a fait rebondir les sachets posés dessus et m'a fait sursauter. Il les a ensuite empoignés et s'est précipité dans la chambre de notre fils. En chemin, il en a semé quelques-uns. On a entendu la porte claquer puis mon ex-mari hurler. La petite est sortie de sa chambre, elle a ramassé deux sachets d'herbe qu'elle m'a ramenés en me demandant ce que c'était, et pourquoi son père criait comme ça contre son frère. La grande a débarqué aussi, elle a lancé qu'il n'y avait vraiment aucun respect dans cette baraque pour ceux qui essayaient de bosser, qu'elle aimerait bien pouvoir se concentrer. Elle n'a pas eu le temps de retourner dans sa chambre, son père a exigé qu'elle vienne immédiatement, il avait à lui parler. Au ton de sa voix, elle a compris que ce n'était pas le moment de discuter, ni de faire la maligne.

Mon fils a promis qu'il allait arrêter de dépanner. Mon ex-mari a jeté le contenu des sachets dans les toilettes et tiré la chasse. Il l'a prévenu que s'il avait le malheur de recommencer, il ne répondrait plus de lui, on pouvait le croire, il irait le balancer, lui, ses petits copains et ceux de sa sœur aux flics. Est-ce que c'est O.K. pour tout le monde ?

L'autre jour, ma fille a voulu savoir si j'étais ménopausée ? Je suis restée bouche bée un moment avant de lui signifier que je n'avais que quarante-deux ans. C'est parce qu'au lycée, en biologie, ils en ont parlé. Une de ses copines lui a dit que sa mère était en plein dedans, et que c'était vraiment lourd, genre une crise d'adolescence à l'envers.

La petite pleure parce qu'elle ne veut pas que je vieillisse. Elle dit qu'elle n'a pas envie que je meure. J'essaie de la rassurer, je ne suis pas si vieille. Regarde, je n'ai pas encore la peau flétrie comme mamie. Elle pleure de plus belle. Elle ne veut pas, non plus, que sa grand-mère disparaisse. Elle veut bien vieillir mais moi, elle aimerait que je reste toujours jeune, comme dans la vidéo avec son père où j'ai trente ans.

L'autre fois, pendant que je faisais la sieste, elle a compté mes cheveux blancs, elle en a trouvé une vingtaine. Elle a prévenu sa sœur qui lui a dit que c'était le début de la fin et les a coupés avec des ciseaux. Quand j'ai ouvert les yeux, j'ai trouvé les vingt-trois cheveux blancs alignés sur ma table de nuit. J'ai hurlé.

Souvent, avec la petite, on met cette fameuse vidéo où j'ai trente ans. Elle aime la regarder alors qu'elle n'était pas encore née. Elle adore voir son frère et sa sœur petits, et me voir jeune, belle et amoureuse de son père. Elle me fait remarquer qu'il a tous ses cheveux, pas comme maintenant où il a un rond blanc derrière la tête. Moi aussi, j'avoue, j'aime bien regarder ce film même si j'ai souvent un gros coup de blues après. Il s'en dégage une ambiance de légèreté, d'insouciance. Nous semblons forts et confiants comme si rien ne pouvait nous arriver, comme si nous avions la vie devant nous. Mes deux grands n'aiment pas regarder longtemps cette vidéo, ils ne trouvent rien de passionnant à se voir enfants. Ils se préfèrent maintenant, grands et tournés vers leur avenir. Ils n'éprouvent aucune nostalgie. Nous, oui. Eux petits, c'est nous jeunes.

Dernièrement, ma gynécologue, après m'avoir prescrit ma première mammographie de dépistage à faire tous les deux ans, m'a suggéré d'arrêter la pilule quelques mois, histoire de voir. Je lui ai dit que cette pilule me convenait parfaitement. Pour une fois que j'en ai trouvé une qui ne me faisait pas gonfler les seins et ne me donnait pas de nausée. Histoire de voir quoi? Elle a retourné mon dossier et arrêté son regard sur la partie « antécédents familiaux ». Elle m'a rappelé que dans ma famille, il y avait eu plusieurs cas avérés de ménopause précoce. Et comme j'ai quarante ans passés… De toute façon, j'ai trois enfants et pas l'intention de faire un petit dernier?

Je pense que ma fille, la grande, a un gros problème de paranoïa. Elle croit toujours qu'on parle d'elle dans son dos. Très souvent, elle ouvre brusquement la porte, comme si elle était derrière depuis un moment à écouter les conversations. Les joues en feu, le regard noir, elle exige qu'on répète ce que l'on vient de dire, ça ne se fait pas de parler de quelqu'un quand il n'est pas là. Si j'essaie de la rassurer, c'est encore pire, elle pense que je mens et que ça doit vraiment être très grave pour que je ne veuille pas répéter. Elle est constamment sur le qui-vive et croit entendre des mots que l'on n'a pas prononcés. En classe, quand ses profs sont énervés, c'est forcément de sa faute. Sinon, pourquoi ils regarderaient dans sa direction ? Sur son bulletin, à travers les commentaires des profs, elle arrive à décrypter que certains lui en veulent. Parfois, je ne sais plus comment lui parler. Elle traque sur mon visage le moindre décalage entre mes paroles et mes mimiques. À force de me contenir et de surveiller à la fois mon langage et mes expressions, je finis par perdre mon naturel. L'effet est redoutable. Je ne suis pas une mère sincère. Je ne l'aime pas puisque je ne veux pas lui dire la vérité. Mais quelle vérité, je finis par hurler. Elle sursaute et me regarde avec mépris.

Merde, à la fin.

C'est vrai, on nous rabâche que l'adolescence est une période difficile, une tempête que nos enfants doivent traverser, qu'il faut être présent, les accompagner dans ce voyage mouvementé, les écouter, ne pas les laisser s'enfermer, rester solide quand ils s'opposent à nous. Surtout ne pas s'écrouler, ils ont besoin de sentir la force en face d'eux. C'est en affrontant leurs parents et en constatant qu'ils ne s'effondrent pas que les enfants se construisent et testent leur limite. C'est bien gentil tout ça, mais moi personnellement, je n'en peux plus, je suis fatiguée. Je m'écroulerais bien un petit peu de temps en temps. Je ferais bien une sieste pendant la traversée. J'essaie de tenir le cap, la barre du bateau, mais j'avoue que parfois elle m'échappe. Et le bateau part à la dérive, il lui arrive d'être au bord de chavirer. Je ne me souviens pas qu'il y ait eu autant d'histoires autour de mon adolescence. Ma mère n'aurait pas toléré longtemps que je teste mes limites sur elle. Elle n'était pas du genre à être dans l'expérimentation. Elle était plutôt dans l'application.

C'est à cause d'une de ses grosses crises de parano que je me suis retrouvée devant la prof de maths de ma fille, très gênée, tentant de lui expliquer que, comment dire, ma fille était persuadée qu'elle ne l'aimait pas. Et, comme ça commençait à tourner à l'obsession, j'ai pensé qu'un bon moyen de l'éradiquer, c'était de lui en parler pour qu'elle la rassure une bonne fois pour toutes. Parce que là, j'avoue que je n'arrive plus à gérer. Il y a les jours avec où la prof l'a regardée pendant qu'elle expliquait son cours, et les jours sans, où la prof ne lui a pas même adressé un regard. La preuve incontestable qu'elle l'ignore et lui en veut à mort. De quoi? On ne sait pas. Ma fille décortique ses copies, chassant la moindre injustice, comparant avec celles de ses copines. Et évidemment, à force de chercher, elle finit par en trouver, des anomalies.

L'autre jour, elle est revenue du lycée en panique. La prof de maths l'aurait regardée de travers. J'ai bien essayé de lui expliquer qu'il n'y avait aucune raison que sa prof lui en veuille et qu'elle était en plein syndrome d'interprétation, il n'y avait rien à faire, elle s'obstinait à penser que sa prof la détestait. Elle a même réussi, un soir, à me faire douter. Elle m'a mis sous le nez sa copie et celle de son amie, venue en renfort pour me convaincre. Et je fus bien obligée de reconnaître que, pour la même réponse à une question, ma fille avait eu 4/5 et, sa copine 4,5/5. « Bon O.K., c'est vrai, mais franchement, on ne va pas faire tout un drame pour un demi-point, elle ne l'a peut-être pas fait exprès. » Qu'est-ce que je n'avais pas dit là. Elles ont hurlé en chœur qu'un demi-point, c'était HY-per important, ça pouvait faire TOUTE la différence. On pouvait même rater son bac pour un demi-point. Je n'ai pas réussi à dormir et j'ai pensé à ce demi-point toute la nuit. Et si elle avait raison, et si sa prof de maths lui en voulait. Oui, mais pourquoi ? Il fallait absolument que je rencontre cette femme d'urgence.

La prof de maths est confuse devant la copie de ma fille, c'est une erreur bien sûr. Elle le lui rajoute tout de suite son demi-point, et un autre même pour s'excuser. Je lui dis que ce n'est peut-être pas nécessaire. Si, si elle y tient, il n'y a aucune raison, c'est de sa faute. En plus, ma fille est une excellente élève, sérieuse, attentive, comment pourrait-elle lui en vouloir ? Non, c'est juste qu'en ce moment, ça ne va pas très fort, elle n'est pas dans son assiette et, sans le vouloir, elle doit avoir des comportements déroutants pour les élèves. Elle se met à pleurer et me confie qu'en fait, elle n'en peut plus, c'est devenu trop dur d'enseigner. Elle ne se sent plus respectée, ni par ses élèves, ni par le corps enseignant, ni par la société. Vous ne savez pas comme c'est difficile d'expliquer une matière que tout le monde déteste, de faire la police pendant deux heures pour qu'on vous écoute. Elle n'arrive plus à avoir d'autorité. Elle est au bord de la dépression et se pose la question de savoir si elle ne va pas se mettre en arrêt maladie. Je lui offre un mouchoir en papier et essaie de la réconforter comme je peux. Mais quand je la regarde, j'ai envie de pleurer avec elle. Je lui dis qu'il ne faut peut-être pas prendre leurs comportements, comme ça, au premier degré. Allez, ils ne sont pas si terribles, ces gosses.

Mes filles ne parlent pas, elles hurlent. Parfois, ça m'inquiète, est-ce qu'elles ne deviendraient pas complètement sourdes, comme leur père ? Mon fils, lui, a tendance à chuchoter. Cela exaspère beaucoup son père qui imagine qu'il le fait exprès pour l'emmerder. Lorsqu'il parle très bas, c'est souvent qu'il a quelque chose de désagréable à nous annoncer, comme par exemple de mauvaises notes ou lorsqu'il a fait une connerie. C'est à peine audible. Il donne des explications incompréhensibles qu'on est obligés de lui faire répéter plusieurs fois. Ça déstabilise son père qui se tourne vers moi, et me demande si j'ai entendu quelque chose. Je lui assène un « ben oui pourquoi », qui l'achève. Bien sûr, moi non plus je n'ai rien compris et surtout je n'ai pas envie de comprendre. Je les laisse se débrouiller entre père et fils. Je les regarde de loin, ça me suffit. Je vois que ça chauffe mais je n'ai pas le son.

Régulièrement, mon ex-mari me fait des retours de flamme. Tout à coup, il ne comprend pas pourquoi on ne vit plus ensemble. Il débarque à la maison et se plaint que la vie de famille lui manque. Il dit qu'il pense à moi et qu'il ne se souvient plus des raisons de notre séparation, la preuve que ça ne devait pas être si grave. Quand je lui rappelle qu'il partage sa vie avec une autre femme depuis un an, il hausse les épaules, ça ne compte pas, elle est trop jeune, ça ne tiendra pas. Comment lui expliquer que lui, en dehors de sa présence aux repas avec les enfants, il ne me manque pas. On dirait qu'il a oublié nos disputes perpétuelles, qu'on n'était plus d'accord sur rien, qu'il n'y avait plus de désir, plus de plaisir à être ensemble, plus d'objectifs communs, qu'on ne partageait strictement plus rien. On était devenus des amis qui ne se supportent plus.

« Et tu crois qu'avec ton père, on n'est pas des amis peut-être ? Tu penses que c'est la java tous les soirs ? Il y a des âges où il faut apprendre à s'asseoir sur les objectifs communs. »

Je rappelle à ma mère son âge et le mien. C'est fou comme elle a tendance à oublier ce détail pourtant capital. Elle, ça fait longtemps qu'elle s'est assise sur un tas de choses, et pas seulement les objectifs communs. Elle compense par une vie sociale trépidante. Elle a des amies par-dessus la tête, et un agenda chargé de rendez-vous et de projets sans mon père. Chacun y trouve son compte. Du moment qu'ils se foutent la paix et qu'ils font semblant de combler la solitude de l'autre, tout va bien. Ma mère crie sur tous les toits qu'elle est heureuse avec mon père. Ça sonne tellement faux que ça me blesse les oreilles. Je lui ai dit un jour que si elle avait été plus honnête sur l'amour qu'elle portait à son mari, je ne serais pas aujourd'hui en train de divorcer.

Je ne veux pas lui ressembler et m'asseoir sur ce qui me fait vibrer. Elle m'a fait remarquer que tant d'intelligence et de beauté au service de tant de naïveté, était un vrai gâchis. La vie se chargera de me montrer que l'amour n'est pas un conte de fées et qu'on n'est pas au pays de Candy.

En rentrant de l'école, ma fille, la petite, m'a ramené un pigeon à moitié mort à soigner. Elle l'a trouvé avec ses copines, agonisant sur le chemin de la maison. Et bien sûr, chez qui a-t-il atterri ? J'ai expliqué à ma fille que ce n'était pas possible de le garder, que je n'y connaissais rien en pigeon et qu'avec les histoires de H1N1, ce n'était pas très prudent. Elle a voulu savoir qu'elle était cette maladie et s'est mise à pleurer parce que j'étais la seule mère de ses copines qui ne voulait pas d'animaux. Pendant la récréation, chacune parle du sien et elle, elle n'a jamais rien à raconter. Au moins, s'il survit, elle pourra parler de son pigeon. J'essaie de lui expliquer qu'un pigeon n'est pas un animal domestique et qu'il serait certainement très malheureux dans un appartement.

Une scène des *Oiseaux* d'Hitchcock me traverse l'esprit, ça me donne un frisson. Ma fille aimerait comprendre pourquoi je suis aussi raciste avec les animaux. Elle voit bien que je les déteste. Je repousse le chat de mamie quand il vient se faire caresser alors qu'il est trop mignon et je dis que les chiens puent. Je lui rappelle que le chat de mamie est à moitié cinglé, il m'a déjà griffée plusieurs fois et, c'est vrai, en général, je trouve que les chiens sentent fort mais ce n'est pas pour ça que je n'aime pas les bêtes. Par exemple, j'aime bien les animaux de la savane, les lions, les girafes, les singes. Je lui rappelle aussi qu'on a eu des poissons rouges, et que ce n'est pas de ma faute s'ils sont morts au bout d'une semaine. Pendant qu'on parlait, le pigeon a rendu l'âme et les pleurs ont repris de plus belle. Mon fils est rentré à ce moment-là avec sa copine, ils m'ont sauvée. Ils ont décidé d'aller l'enterrer dans le parc d'à côté. Excellente idée ! Je ne pouvais pas les accompagner, malheureusement j'avais un dessin urgent à terminer. Je leur ai souhaité bon courage et j'ai refermé la porte avec soulagement. Il ne me manquait plus qu'un pigeon à la maison. Sur ce, ma fille est rentrée du lycée et je lui ai raconté le coup du pigeon. Elle a hurlé. Heureusement qu'il avait clamecé, ç'aurait été trop la honte d'avoir un pigeon à la maison, elle n'aurait plus osé faire venir personne. J'ai dit que c'était dommage alors qu'il soit mort. Qu'est-ce que je venais de dire ? Elle n'avait pas entendu, pourquoi je ne voulais pas répéter ? Comme c'était en train de dégénérer, j'ai préféré m'éclipser et je suis allée m'enfermer pour travailler.

Une demi-heure plus tard, on tapait à la porte de mon bureau, mon fils, sa copine et mes deux filles se tenaient devant moi, l'air grave. Ils avaient une question très importante à me poser. Est-ce qu'on pouvait acheter un lapin ?

Un soir, mon fils est revenu de son travail à Monoprix, la mine sombre. Il s'est assis en face de moi sur le canapé et s'est pris la tête dans les mains. On aurait dit la fin du monde. Qu'est-ce qui t'arrive ? Il ne sait pas comment me l'annoncer mais voilà, il s'est fait virer. Il s'est embrouillé avec le patron qui n'a pas voulu lui donner trois jours de vacances. Comment ça, des vacances ? Tu viens de commencer. C'est parce qu'il est crevé, et sa copine va être en congé pendant dix jours. Il ne la voit plus depuis qu'il a commencé à bosser.

Je lui rappelle alors sa résolution de début d'année : arrêter les études un an pour se confronter au monde du travail. Personne ne l'y a obligé. Sa copine n'est pas dans la même situation, elle est encore étudiante. Et comme ses sœurs, elle a des vacances scolaires. Est-ce que moi je prends des congés à tout bout de champ ? Est-ce qu'il a vu souvent son père en vacances ? Non. C'est ça le monde du travail, on n'a pas seize semaines de vacances dans l'année. Il m'affirme que si le monde du travail, c'est de ne plus avoir de vie, alors ça ne l'intéresse pas, il préfère encore attendre d'avoir vingt-cinq ans pour toucher le RSA. Au moins, il n'aura pas l'impression de gâcher sa vie avec un boulot de merde et un patron à la con. Mais qu'est-ce que c'est que cette mentalité de profiteur ? D'où il sort des idées pareilles, celui-là ? Il ajoute que si un jour, il se marie et fonde une famille, ce qui l'étonnerait beaucoup parce qu'il n'a pas envie de s'emmerder avec des gosses, mais si par hasard ça venait à lui arriver, ça ne le dérangerait pas d'être homme au foyer. Je lui suggère alors de rester discret sur ses perspectives d'avenir s'il ne veut pas avoir de sérieux problèmes avec son père. Et, en attendant de trouver la femme qui veuille bien l'entretenir, il vaut mieux qu'il se mette activement à la recherche d'un nouveau boulot.

Depuis que leur père a quelqu'un dans sa vie, mes enfants ne supportent pas que je sois seule. Ils essaient de me caser avec tous les hommes célibataires qui croisent leur chemin. C'est comme ça que, dernièrement, je me suis retrouvée invitée à goûter chez le père d'une des petites copines de ma fille. Nous sachant seuls tous les deux, elles avaient manigancé notre rencontre et espéraient qu'entre nous jaillisse l'étincelle. Elles se voyaient déjà sœurs et élaboraient des projets de vie commune.

Apparemment le père n'avait pas saisi leur combine, il m'a reçue dans un état pitoyable. En survêtement, les cheveux gras et le moral dans les chaussettes. Il donnait l'impression de ne pas avoir parlé depuis des mois. J'arrivais à point nommé pour recevoir sa détresse. Il ne se remettait pas du départ de sa femme et venait de perdre son boulot. Il n'avait plus goût à rien et avait des idées suicidaires. Si sa fille n'était pas là, il se serait déjà jeté sous une rame de métro. En face de lui, maquillée et ayant fait un petit effort vestimentaire (on ne sait jamais), je tentais comme je pouvais de lui remonter le moral. Après deux heures de SOS amitié, je n'en pouvais plus, je m'excusai, il fallait que je rentre, j'avais un travail à finir. Alors que j'appelais ma fille dans le couloir, lui demandant de se préparer à partir, il se confondait en excuses, avec tout ça, il ne m'avait même pas proposé un petit quelque chose à boire ou à manger. Est-ce que je voulais un café ou un thé ? Un petit morceau de gâteau peut-être ?

Après vingt ans de vie maritale et deux ans de repos sentimental, je commence à peine à éprouver l'envie de rencontrer quelqu'un. Et encore, c'est fragile. Je suis devenue très difficile, ce n'est pas pour me mettre avec le premier cas qui passe sous mes fenêtres. Mes enfants ont du mal à comprendre mon besoin de solitude. Ma mère, n'en parlons pas, ça la dépasse, elle qui est capable de toutes les compromissions pour ne pas rester seule. Mon fils ressemble à sa grand-mère, il préfère être mal accompagné que seul. L'idée de n'avoir personne dans sa vie lui est insupportable. Quand je lui conseille de penser à lui et à son avenir au lieu de se disperser dans des relations qui ne mènent nulle part, il me traite d'égoïste. Lui, au moins, se sent utile, il essaie de rendre quelqu'un heureux, alors que moi je ne pense qu'à ma petite personne. J'oubliais que mon fils était le bon Samaritain du quartier. Il continue en me disant qu'il est fier d'être à l'écoute du monde qui l'entoure, ce qui est loin d'être mon cas. Parce que si je faisais un peu plus attention à ce qui m'entourait, je me serais par exemple aperçue qu'un nouveau voisin s'était installé sur notre palier, célibataire, la cinquantaine, et plutôt sympa.

Et ?

Qu'est-ce que c'est que cette lubie de vouloir me caser à tout prix et limite avec n'importe qui ? Ça en devient vexant à la fin. J'ai compris que je n'ai plus vingt ans, mais je suis encore capable de me débrouiller seule. C'est devenu le sujet de conversation numéro un de ma mère. Elle se fait beaucoup de soucis et finit par me communiquer son stress, à force de me répéter que le temps passe, et que c'est maintenant que je dois rencontrer quelqu'un. Après – quand je serai trop vieille –, ça sera trop tard. Je devrais être dans les starting-blocks, à l'affût avec tous ces hommes fraîchement divorcés qui arrivent sur le marché, au lieu de ne penser qu'à travailler et à sortir avec mes copines. Parce que c'est pas elles qui vont me trouver un mari, vu qu'elles n'ont pas réussi à s'en garder un. Jamais je n'aurais dû quitter mon ex-mari, un bon gars comme lui, sérieux et responsable, je vais avoir du mal à en rencontrer un de son envergure. Stop. J'aimerais qu'elle s'arrête, j'en ai assez entendu. Elle ne peut pas s'empêcher d'ajouter, et ton nouveau voisin, est-ce que tu l'as rencontré au moins ?

Ma fille, la petite, est très bio-écolo-nature-et-découverte. Impossible de manger un MacDo devant elle. Chaque jour, elle surveille notre consommation quotidienne de cinq fruits et légumes, et nos assiettes, qui doivent impérativement contenir des protéines, des féculents et des légumes. C'est un enfer de faire les courses avec elle. Elle a honte quand je surcharge mon caddie de « cochonneries », elle s'imagine que le magasin l'observe et pense que c'est elle qui va tout manger. Elle fait comme si je n'étais pas sa mère et marche derrière moi, elle voudrait que je dise à la caissière que ces friandises ne sont pas pour elle mais pour son frère et sa sœur. J'ai beau lui expliquer que la caissière s'en fout, elle n'en croit pas un mot. Forcément, elle la juge et la condamne. En dessert, elle préfère un fruit quand les grands engloutissent glaces et bonbons. Elle les regarde avec dégoût. Depuis qu'elle a eu un cours sur la protection de la planète et le tri des déchets, nous avons trois poubelles. Elle a fait de jolis dessins explicatifs sur chacune d'elles. Elle crie quand son frère ou sa sœur se trompe. C'est souvent. Pourtant tout est parfaitement expliqué mais je ne sais pas, ils ont du mal à enregistrer l'information. Malheur à moi si je jette devant elle un papier ou un chewing-gum par terre. Je suis une criminelle bonne à enfermer. Elle fait la morale à sa sœur et à son frère s'ils laissent couler l'eau quand ils se brossent les dents ou s'ils oublient d'éteindre les lumières. Elle repasse derrière eux et les engueule. Bien sûr, elle se fait envoyer sur les roses, mais ça ne fait rien, elle continue sa croisade. Je n'arrive plus à prendre un bain tranquille sans penser aux gaspillages et à ceux qui n'ont pas d'eau. Si je craque et si j'en prends un, je me rince avec l'eau du bain. Et j'avoue que c'est souvent quand elle n'est pas là. Je n'ai pas envie de l'entendre derrière la porte me faire son discours environnemental. Elle est très curieuse et très informée de l'actualité. Plus que son frère et sa sœur qui savent à peine qui est le Premier ministre de la France. La petite connaît le nom du candidat écologique et me pousse à voter pour lui. Le réchauffement climatique et la fonte des glaces la soucient au plus haut point.

Après l'histoire du pigeon, de son enterrement et des larmes de la petite qui n'en finissaient plus, j'ai baissé les armes, moi, la mère impitoyable qui déteste les animaux. J'ai dit oui pour un lapin, mais un petit alors, un minuscule, qui passe inaperçu, qu'on n'entend pas et surtout, surtout qu'on ne sent pas, un propre qui ne fait pipi que dans sa caisse. Et c'est pas moi qui donne les carottes, ni qui fais le nettoyage de sa cage. Je préviens. Je rappelle le chat de mamie qu'on a gardé quand elle est partie en croisière pendant deux mois. Je n'étais pas d'accord, mes enfants m'ont suppliée, on te jure maman, on s'en occupe, tu ne le remarqueras même pas, ça sera comme s'il n'était pas là. Tu parles ! Je n'ai vu et senti que lui pendant deux mois. Qui lui a donné à manger tous les jours et s'est tapé la corvée du nettoyage de la caisse? Quelqu'un devine? Alors j'ai bien prévenu la compagnie, O.K. pour le lapin, mais c'est pas moi qui m'occupe de ses crottes même si, c'est vrai, elles sont moins rebutantes que celles des chats mais ne nous laissons pas endormir, ce sont tout de même des excréments. Est-ce que c'est clair pour tout le monde?

Parfois, dans la nuit, je me réveille en sursaut, et je me dis, c'est pas possible, j'ai déjà quarante-deux ans. Non mais qu'est-ce que j'ai foutu depuis vingt ans? C'est passé tellement vite, j'ai l'impression de n'avoir rien fait d'extraordinaire. Il y a urgence à profiter de la vie et à flirter avec l'exceptionnel. Ce n'est pas quand j'aurai l'âge de ma mère que je pourrai le faire. Maintenant quand je passe une soirée à regarder la télé, lovée dans mon canapé, j'ai l'impression d'un énorme gâchis. Chaque minute que je perds à ne rien faire me fout le moral à zéro. J'éprouve le même sentiment dans les soirées où les gens m'ennuient ou pire encore, si je constate qu'eux aussi sont dans le même état que moi, qu'ils essaient d'oublier le temps qui passe, en se saoulant de paroles ou d'alcool. Je préfère encore regarder la télé.

Le matin, lorsque je me regarde dans la glace et que je me passe de la crème sur le corps, même constat accablant. Je me remonte le moral en me disant que je ne suis pas trop mal – pour mon âge –, oui mais pour combien de temps encore ? Ma mère apparaît dans le miroir, elle tient dans sa main un vieux réveil qui fait tic tac, en même temps que sa tête se balance de droite à gauche. Elle chante « avec le temps, va, tout s'en va », me rappelle que je ne suis plus « au temps des cerises » et qu'il y a urgence à « rencontrer l'homme de ma vie ».

Dernièrement, un soir, je suis allée aux urgences à cause d'une crise d'angoisse. J'avais du mal à respirer. L'interne m'a demandé avec un fort accent arabe ce qui m'arrivait. J'avais honte de lui dire. J'imaginais qu'il venait d'un pays en guerre et j'avais peur qu'il ne me trouve ridicule. Il me questionnait pour savoir si j'avais des soucis d'ordre professionnel ou sentimental ou des problèmes avec mes enfants. Il essayait de rationaliser une angoisse qui ne l'était pas. Comment lui expliquer que j'étais stressée à cause du temps qui passe et parce que j'avais pris conscience dernièrement qu'on allait tous mourir un jour. Avant, je n'y pensais pas mais depuis que j'ai quarante ans, je ne sais pas, ça m'oppresse. Je n'arrive pas à intégrer ce nouveau paramètre. Quand j'ai fini par lui expliquer, il m'a écoutée avec beaucoup d'attention, voire même avec une certaine gravité. Peut-être me prenait-il pour une folle et essayait-il de ne pas me le montrer, il était en train de s'interroger pour savoir s'il n'allait pas être obligé de m'interner. Ou peut-être pensait-il que je me foutais de sa gueule alors que pas du tout. Dans le couloir, il a parlé avec une infirmière. Comme je n'entendais rien, ça m'angoissait. Il est revenu avec elle, me l'a présentée et m'a dit avec un grand sourire de ne pas m'inquiéter, elle allait s'occuper de moi, lui devait aller voir d'autres patients. Il m'a donné une tape amicale sur l'épaule et m'a conseillé de me détendre. Je n'avais rien contre l'infirmière, elle était charmante mais pour des questions de sécurité j'aurais préféré que ce soit l'interne qui me prenne en charge. Elle m'a donné un anxiolytique à faire fondre sous la langue et essayé, pour me réconforter sans doute, de faire de l'humour. Elle a dit quelque chose du genre, la vie est une grande aventure dont on ne sort pas vivant, et elle a ajouté que si ça pouvait me rassurer, on était tous dans le même bateau. J'étais au bord de l'évanouissement. Elle s'est étonnée aussi que ma prise de conscience de la mort soit si tardive. En général, elle émergeait aux alentours de sept ans.

Depuis qu'elle est allée voir une psy, il y a deux ans, ma fille, la grande, veut devenir psychologue plus tard. Elle clame que c'est le plus beau métier du monde, ce qui fait doucement rigoler son frère, qui lui, bien sûr, plane au-dessus de tout ça et pense qu'il n'en a pas besoin, et son père, qui déteste la psychologie en général. Il préférerait de loin qu'elle fasse médecine. Elle lui a répondu qu'il n'en était pas question, elle n'a pas envie de tourner autour du pot. Pour elle, cela ne fait aucun doute que les maladies expriment avec le corps un dysfonctionnement d'ordre psychologique. Son père n'en croit pas un mot. Elle précise que c'est normal, il fait de la résistance. Pourtant, il devrait réfléchir à l'eczéma qu'il a sur les bras depuis qu'il a dix ans. Bizarrement, à l'âge où son père a quitté sa mère. Et à toutes ces poussées qu'il fait dès qu'il est contrarié. Mon ex-mari éclate de rire, non mais où elle va chercher des idées pareilles, celle-là ? Elle enfonce le clou, et lui assène que le rire exprime clairement une défense, il est le signe évident d'un refoulement. Apparemment, elle a touché juste.

Quand elle me dit avec un sourire complice que c'est à cause de moi, ou grâce à moi, au choix, qu'elle veut devenir psy, je ne pose pas de question, je préfère ne pas savoir ce qu'elle veut dire. Je lui retourne son sourire entendu, bien sûr, bien sûr, c'est évident, c'est toujours à cause de la mère.

Ma mère a débarqué chez moi en pleine forme. Petite foulée, survêtement en éponge mauve et noir, cheveux gominés et tirés en queue-de-cheval, fond de teint et rouge à lèvres.

– Tu ne devineras jamais qui j'ai croisé dans l'ascenseur ?

– Laisse-moi deviner ? Mon voisin peut-être ?

Elle le trouve tout à fait charmant et s'étonne que je ne l'aie pas encore croisé. C'est la preuve incontestable que je ne dois pas mettre beaucoup le nez dehors. En même temps, ça ne l'étonne qu'à moitié, vu la mine que j'ai. Comment ça se fait que je sois aussi blanche ? Je suis peut-être malade. Je ne manquerais pas un peu de fer ? Comme je sens qu'elle va me ressortir son couplet habituel sur mon manque de fer quand j'étais petite, je l'arrête avant, et la préviens que je fais une cure depuis deux mois. Alors, c'est que je ne sors pas assez. C'est sûr que si je passe mes journées enfermée à travailler devant un écran, je ne risque pas d'attraper un coup de soleil ni un mari d'ailleurs. Je la coupe, avait-elle quelque chose à me dire ? Non, elle passait juste m'embrasser et prendre de mes nouvelles avant d'aller à son cours de gym. Avant de partir, elle me glisse à l'oreille : « Tu devrais essayer de provoquer un peu le destin, ma fille, c'est comme ça que j'ai fait avec ton père. Pourquoi tu ne l'inviterais pas à prendre l'apéro, ton voisin ? »

Je regarde mon aînée en train d'essayer toutes ses paires de chaussures devant la grande glace du couloir, et je constate que j'en ai dix fois moins qu'elle. À mon avis, quelle est la paire qui irait le mieux avec le slim noir tout neuf qu'elle porte ? Je trouve qu'elles se ressemblent toutes, je finis par lui en montrer une paire. Elle fait la grimace, choisit celle que j'avais écartée et me lance que franchement je ne comprends plus rien au style de maintenant. Je lui fais remarquer que style ou pas style, ses chaussures commencent sérieusement à encombrer le passage, j'aimerais bien maintenant qu'elle les rapporte dans sa chambre. Elle me rassure : « T'inquiète, je vais ranger. » Mais comme d'habitude, elle laisse tout en plan et va faire autre chose. Bien sûr, je gueule. Le regard noir, elle revient vers moi et me lance que j'ai vraiment un gros problème avec le rangement, et qu'il faudrait que je comprenne d'où ça me vient, parce que, sérieux, je saoule tout le monde avec ma maniaquerie. Je fais ma tête de sorcière. Elle range. Madame la psy.

Je reconnais que je suis peut-être un peu maniaque, je range volontiers derrière les autres, surtout derrière mes deux grands qui sont particulièrement bordéliques. En revanche, j'ai renoncé à faire leur chambre. Je perdais mon temps. Ce que je rangeais la veille était à refaire le lendemain, sans compter qu'ils ne s'apercevaient même pas de mon passage. Ils ne comprenaient pas pourquoi j'étais tout le temps à cran. Un jour, j'ai pris conscience que leur bazar ne dérangeait que moi. Mon fils, par exemple, ne semble pas perturbé par les différents monticules de linge sale et propre qui jonchent sa moquette, les boîtes de gâteaux vides, les papiers de bonbons, les feuilles qui traînent par terre parce que c'est trop difficile de les jeter dans la poubelle à côté de son bureau. Aujourd'hui, j'ai décidé de ne plus rentrer dans leur chambre, je me contente de pousser avec le pied ce qui dépasse à l'extérieur, et je ferme la porte.

Le soir, la petite ne peut pas s'endormir si sa chambre n'est pas rangée, si les portes de sa penderie ne sont pas fermées, si ses vêtements à l'intérieur ne sont pas pliés, si ses chaussons devant son lit ne sont pas alignés. Régulièrement, elle révolutionne la maison. Elle range et change tout de place, elle planque ce qu'elle n'aime pas. Je passe ensuite des heures à chercher ce qui s'est volatilisé. Quand je range un placard ou un tiroir, il m'arrive de tomber sur les objets disparus. À la maison, dès qu'on cherche quelque chose, on se tourne vers elle. Elle adorerait faire à fond la chambre de son frère mais il n'en est pas question. Elle établit des règles de savoir-vivre en communauté qu'elle aimante sur le frigo ou scotche sur le mur de la cuisine : « Respecter les autres, bien se tenir à table, ne pas passer son temps devant l'ordinateur ou au téléphone, faire des jeux de société en famille, faire des efforts, goûter avant de dire j'aime pas, ne pas fumer dans la maison, débarrasser la table, ne pas oublier de trier les ordures ménagères, fermer les robinets d'eau… » Souvent, sur la porte de la chambre de son frère, elle punaise une feuille A4 avec écrit en gros : « Ranger est bon pour la santé. »

Depuis quelques jours, mon fils n'a pas le moral. Il se traîne comme une âme en peine, de pièce en pièce, ne sachant pas quoi faire de lui. Il se ronge les ongles, passe son temps devant la télé, le regard vide, et n'arrête pas de manger. Je le connais tellement bien, je sais qu'il n'y a qu'une chose qui puisse le mettre dans un état pareil : un problème avec sa copine. Je prie pour qu'il ne se fasse pas larguer, pas maintenant, alors qu'il semble motivé pour retrouver un nouveau boulot. Elle ne va pas tout foutre en l'air. Ah non, je ne me refais pas quatre mois de déprime comme l'année dernière, avec un zombi à la maison qui n'a plus envie de rien, qui ne sort plus de sa chambre, qui passe son temps devant la télé ou l'ordinateur à bâfrer. Non, non, je vais l'appeler, moi, sa copine, je vais te la remotiver. Mon fils est un gars formidable. Il n'est pas très réactif, certes. Sans doute un peu collant, mais elle ne trouvera pas plus gentil que lui. Aucun homme de son âge ne sera capable de l'aimer autant. Elle ne s'en rend peut-être pas compte, parce qu'elle est jeune et qu'elle a peu d'expérience, mais c'est précieux, inestimable même, pour une femme. Il faut qu'elle fasse un petit effort là, qu'elle attende au moins qu'il retrouve un nouveau travail avant de le larguer. Pitié ! Un peu de solidarité féminine.

Un matin, très tôt, mon ex-mari a débarqué chez moi, il devait absolument me parler. Je lui ai signalé qu'il aurait pu me prévenir avant, j'avais du boulot et pas vraiment le temps de discuter. Je lui ai offert un café et lui ai demandé ce qui se passait. Il n'avait pas dormi de la nuit et avait retourné la situation dans tous les sens : on ne pouvait pas continuer ainsi. Je l'ai invité à développer, je ne comprenais rien. Il avait l'impression que, depuis deux ans, sa vie n'avait plus aucun sens et qu'il fallait qu'on se donne une seconde chance. C'est bien ce que je pensais, il me faisait de nouveau un retour de flamme. En général, c'est lorsqu'il y a de l'eau dans le gaz avec sa copine. J'ai essayé de savoir s'il avait des soucis avec elle. Mais il s'est énervé, il ne comprenait pas ce que son amie venait faire dans l'histoire? Il s'agissait de nous, de notre famille. Il se rendait compte qu'il avait beaucoup perdu, les enfants lui manquaient et moi aussi. On avait besoin de prendre l'air, on l'a fait, maintenant fini les conneries, on redevient sérieux et on reprend la vie comme avant. Il a ajouté qu'il fallait penser aux enfants, ils seraient très contents de le voir revenir vivre avec nous – personnellement, j'en doute. Je le regardais, un peu ahurie, je n'étais pas encore bien réveillée, peut-être d'ailleurs que je dormais encore. Je me suis resservi une tasse de café. J'ai pensé un moment qu'il était en train de me faire une blague, c'est caméra cachée, c'est ça ? Il m'a assuré qu'il n'avait jamais été aussi sérieux. Il devait aller bosser mais il me suppliait de réfléchir à sa proposition. Il repasserait. Sur le pas de la porte, en me faisant la bise, il a essayé de m'embrasser sur la bouche. J'ai tourné la tête. Qu'est-ce qui lui prenait ? Il avait complètement craqué, ma parole. Avant de sortir, il m'a lancé : « Les enfants m'ont dit que tu avais un nouveau voisin. Tu l'as rencontré ? »

Le graphiste avec lequel je travaille depuis des années est complètement déprimé. En dix ans, je ne l'ai jamais vu dans un tel état. Lui qui est toujours sûr de lui, joyeux et blagueur n'est plus que l'ombre de lui-même. Sa femme vient de découvrir plusieurs de ses aventures, et leur couple est en train d'exploser. Il lui a donné mon numéro de téléphone pour que je lui parle. Elle est persuadée qu'on couche ensemble depuis des années. Elle s'imagine que, chaque fois qu'on se voit, allez hop une petite galipette avant de travailler. Je n'ai pas envie de discuter avec elle, moi, qu'est-ce qu'il veut que je lui raconte? Il me supplie, il n'y a que moi qui puisse la raisonner, trouver les mots justes pour lui expliquer qu'il ne s'est jamais rien passé entre nous (grâce à qui?). Elle ne veut plus l'écouter. Lui dire aussi que, même si c'est vrai il a craqué pour une ou deux filles en passant, il regrette, parce qu'il n'y a qu'une chose qui compte au monde : c'est sa femme et ses enfants. Lui dire comment, chaque fois qu'on travaille ensemble, avant de commencer, il me parle d'elle et me dit à quel point il l'aime. Je lui demande s'il n'exagère pas un peu quand même? Il me répond qu'il n'a pas envie de tout foutre en l'air pour trois histoires de cul. Quand il voit dans quel état je suis depuis que j'ai divorcé, ça ne lui donne pas envie.

Il n'y a pas longtemps, j'ai été boire un café avec une amie que je n'avais pas vue depuis cinq ans. Quand elle est arrivée et qu'elle s'est assise en face de moi, j'ai été sidérée par toutes les rides qu'elle avait autour des yeux et de la bouche. Elle avait pris un coup de vieux terrible. Je ne sais pas si c'était à cause de la luminosité du café mais j'avais l'impression qu'elle avait dix ans de plus que moi alors que nous avons exactement le même âge. Elle semblait contente de me revoir, elle souriait beaucoup et faisait des tas de mimiques, ce qui n'arrangeait rien. J'avais beaucoup de mal à me concentrer sur notre conversation, je n'arrêtais pas de me dire que j'étais peut-être dans le même état et que je ne m'en rendais pas compte. Elle était peut-être aussi joyeuse parce qu'elle me voyait à un stade avancé de délabrement et se croyait épargnée. Je ne tenais plus sur ma chaise. À un moment, je me suis excusée et suis allée aux toilettes. Il me fallait un miroir d'urgence. J'ai essayé de me regarder avec le plus d'objectivité possible sans faire de mimiques qui me mettent en valeur. Les néons au-dessus des lavabos ne m'épargnaient pas. Ça ne faisait aucun doute, moi aussi j'avais pris un sacré coup de vieux.

Au moment où je m'apprêtais à sortir de chez moi, j'ai entendu la porte d'en face claquer. J'ai regardé par l'œil-de-bœuf et, pour la première fois, j'ai vu mon voisin. Du coup, je n'ai plus osé bouger. Je l'ai observé comme une fouine derrière ma porte tout en me disant que j'étais ridicule de ne pas sortir. La petite cinquantaine, assez grand, plutôt mince, et une tête assez sympa. C'est vrai qu'il n'est pas mal, mais bon, il ne faut pas exagérer, ce n'est pas non plus George Clooney. Si on ne m'en avait pas tant parlé, je ne l'aurais même pas remarqué. On en croise tous les jours des hommes comme lui dans la rue. La preuve, il y en a un sur mon palier. Et puis qu'est-ce que je m'en fous, je suis là à me prendre la tête avec un mirage. Je ne le connais même pas. Si ça se trouve, il est imbuvable, prétentieux, sans intérêt. En plus, il a peut-être quelqu'un dans sa vie, il habite seul mais ça ne veut rien dire. Ou bien il vient de se séparer et il est dans sa période grande déprime et infréquentable. Ou il est homo. J'ai attendu au moins dix minutes avant de sortir, histoire d'être sûre de ne pas le voir.

En même temps, si je le croisais en bas de l'immeuble, quelle importance ? Comment pourrait-il savoir que je suis sa voisine de palier puisque nous ne nous sommes encore jamais rencontrés ?

Ma fille, la grande, m'a demandé pourquoi je ne travaille pas dans un bureau à l'extérieur, comme tout le monde, ça serait plus pratique. Pour elle, j'imagine. Comme ça, elle pourrait inviter sa grappe d'ados sans arrêt. Ils pourraient fumer tranquille dans le salon, dévaliser le frigo, mettre leur musique de sauvages. *Free life*, quoi. Parce que pour moi, avoir un bureau à la maison, il n'y a pas plus pratique justement. Je ne perds pas des heures dans les transports en commun, je suis libre d'organiser mon temps comme je l'entends, je n'ai pas de patron sur le dos, on ne peut pas trouver meilleure configuration. Elle hausse les épaules. Peut-être, mais le problème, c'est que je suis tout le temps là.

Mon fils est rentré avec un centimètre de cheveux sur la tête. Il a voulu que sa copine lui passe la tondeuse. Ses sœurs ont poussé un cri en le voyant, elles l'ont trouvé « trop moche ». La petite a dit qu'il ressemblait à un tueur. J'avais du mal à formuler ce que je ressentais. J'oscillais entre le regret de ne plus voir ses belles boucles châtain et la crainte qu'il ne trouve pas de travail avec une dégaine pareille. Qu'est-ce que c'est encore que cette toquade? Il voulait voir la tête qu'il aurait s'il s'engageait dans l'armée. Il y songe sérieusement. Je lui demande s'il plaisante. Lui qui a du mal à se lever le matin, qui ne supporte pas les contraintes, qui se permet de faire des remarques à son patron, lui veut entrer dans l'armée? Est-ce que seulement il se rend compte de ce qu'il dit? Il pense qu'il a besoin d'être cadré. Ici, il n'y a pas assez de discipline. Il me trouve « trop cool ». Et puis son père lui a toujours dit que l'armée était la meilleure école pour devenir un homme, il regrette qu'elle ne soit plus obligatoire. Mon fils a le sentiment qu'il a besoin de passer par là pour apprendre la vie. En plus, sa copine trouve ça « très sexy », elle lui a fait voir *Top Gun*, « un film trop stylé », a-t-il précisé.

Elle a hâte qu'il porte l'uniforme et lui a promis que, quand il reviendrait, ils se marieraient. Elle adorerait être la femme d'un militaire. J'essaie de garder mon calme et de recentrer la discussion sur ce qui me paraît essentiel pour le moment : sa recherche de travail. Je ne le contrarie donc pas dans ses projets militaires et lui dis que c'est une excellente idée. Ça ne va pas se faire du jour au lendemain et, en attendant qu'il s'engage pour devenir pilote de l'armée de l'air, il faut absolument qu'il se discipline. Au programme : inscription dans un club de sport, levé aux aurores, pompes et recherche active de boulot.

Je travaille sur un dessin devant mon ordinateur quand ma fille, la petite, entre dans mon bureau, toute contente. Elle m'annonce qu'elle a prévu de faire se rencontrer son lapin et la lapine de sa meilleure copine pour qu'ils aient des bébés. Comme ça, on pourra en garder un ou deux et on vendra les autres. Et si ça marche, on pourra faire un élevage de lapins, gagner beaucoup d'argent et acheter une maison.

Avec la copine, elles ont déjà tout prévu, date de conception, date d'accouchement et même les affiches qui annoncent la venue des bébés, leur nom et leur prix. Est-ce qu'elle peut utiliser mon imprimante pour imprimer les faire-part de naissance ? Je suis tellement concentrée sur mon dessin qu'il se passe un certain temps avant que l'information n'arrive jusqu'à mon cerveau et me fasse imaginer mon avenir, un appartement plein de lapins qui courent partout et une pancarte accrochée à la porte d'entrée avec écrit dessus : « Lapereaux à vendre ». Je m'arrête de travailler et lui réponds : « Désolée, il n'en est pas question. » Elle se met à pleurer. Les parents de sa copine, eux, sont d'accord, mais comme d'habitude avec moi, c'est toujours la même chose, on ne peut jamais avoir de projets originaux.

Il est dix-huit heures quand on sonne à la porte de l'appartement. Je regarde par l'œil-de-bœuf. C'est le voisin. Panique à bord. Je suis complètement débraillée, je me regarde dans la glace, on dirait une folle. J'appelle ma fille, la grande, je la supplie d'aller ouvrir à ma place. Please. Pitié, là je ne peux pas. J'ai envie de voir personne et surtout pas un homme, je ne suis pas en état. Elle me regarde avec un mélange de surprise et de mépris, ne sachant pas si elle doit me rigoler à la figure ou me considérer comme un cas désespéré. S'il te plaît, je te revaudrai ça. Je vais m'enfermer dans mon bureau. Je ne suis là pour personne. Travail urgent à terminer. Je colle mon oreille à la porte, mais comme je suis à l'autre bout de l'appartement je n'entends rien. Ma fille revient vers moi, elle me trouve derrière la porte, ce qui n'arrange rien. Il voulait savoir si on pouvait lui prêter des chevilles molly. Je ne sais pas ce que c'est. Apparemment ma fille, oui. Elle lui a répondu qu'on n'en avait pas en magasin. Avant de retourner dans sa chambre, elle me lance avec un air hautain que je devrais vraiment penser à consulter. Parce qu'être aussi immature à mon âge, c'est vraiment très inquiétant.

Dernièrement, j'étais invitée à dîner chez un couple d'amis qu'on fréquentait souvent avec mon ex-mari. J'y suis allée décontractée, je pensais qu'on allait passer une petite soirée tranquille tous les trois. Nous étions quatre. Mon amie avait invité son patron. Elle savait qu'il venait de quitter sa femme et a sauté sur l'occasion. Et si elle lui collait sa copine célibataire ? Ni l'un ni l'autre n'étions au courant de notre rencontre, elle a tout misé sur la spontanéité et l'effet de surprise. Elle a réussi son coup. Je suis arrivée habillée comme je l'étais toute la journée, c'est-à-dire n'importe comment et pas maquillée. En plus, j'avais une faim de loup. Sachant qu'elle cuisine très bien, j'ai gardé mon appétit pour le soir, et n'ai quasiment rien mangé de la journée. J'étais plus d'humeur à dévorer et à m'enivrer qu'à entrer dans un rapport de séduction et à manger du bout des lèvres. Ma copine a ouvert la porte. Elle était sur son trente et un. Elle m'a regardée de haut en bas et m'a fait remarquer que j'aurais pu faire un effort et me changer. J'ai éclaté de rire, pourquoi t'as invité ton patron ? Elle a changé de couleur et m'a conduit dans le salon où, effectivement, elle m'a présenté son patron. Sur son trente et un, aussi. Moi, je portais un jean délavé et un pull en laine saumon bien chaud, très confortable. De plus, je n'ai pas saisi tout de suite que le patron était là pour moi, je pensais qu'elle l'avait invité pour booster la promotion qu'elle attend depuis deux ans. Je ne comprenais pas pourquoi elle m'avait mêlée à ce dîner mais bon, pourquoi pas, je pouvais faire diversion. J'ai un métier original qui amuse souvent la galerie. Ce n'est qu'au moment de passer à table, à la manière dont elle a pris soin de nous placer que, tout à coup, j'ai saisi le complot. J'étais là pour rencontrer le patron, et plus si affinités. J'étais en quelque sorte la cerise sur le gâteau. Une lourde responsabilité m'incombait. Déjà que j'étais arrivée comme une romano. Il y avait quand même un vrai problème : ce patron ne me plaisait pas du tout ! Il me rebutait même, je ne comprenais pas comment mon amie avait pu imaginer que nous pourrions nous plaire. Pendant qu'il mangeait et me lançait des regards équivoques, j'essayais de trouver une issue correcte à ce dîner. Comment lui faire sentir qu'il n'y a pas d'ouverture tout en restant souriante et polie pour ne pas porter préjudice à la carrière de mon amie. Je voulais bien être gentille et serviable mais là, il m'était impossible d'envisager la moindre petite relation, même pour lui faire plaisir.

L'ascenseur allait se refermer quand le voisin a mis son sac entre les portes pour les rouvrir. Il s'est excusé de s'imposer ainsi mais il était pressé. Il m'a tendu la main en me faisant un grand sourire qui lui a fait instantanément de grandes fossettes sur les joues et un regard rieur. Il s'est présenté comme mon nouveau voisin, et a ajouté que nous n'avons pas encore eu l'occasion de nous rencontrer. J'ai bredouillé un évasif « effectivement », et me suis replongée dans la lecture de mon téléphone portable. Je sentais son regard sur moi, sans doute un peu surpris par tant d'indifférence. La présence de cet homme m'envahissait, et il ne faisait aucun doute qu'il me plaisait. Je ramais pour ne pas le lui montrer. L'indifférence est chez moi un excellent indicateur. Quand les portes de l'ascenseur nous ont libérés, j'ai respiré. Il m'a lancé un « je file, bonne journée, à bientôt j'espère ». Je me suis retrouvée dans la rue complètement sonnée. Cette rencontre me rappelait ce que j'avais ressenti la première fois que j'avais vu mon ex-mari, une sorte de fulgurance, une évidence mêlée de peur. Et ensuite la raison qui reprend le dessus, non mais n'importe quoi ma fille, réveille-toi, tu ne connais pas cet individu, il est charmant, et alors ? Tu ne sais rien de sa vie, si ça se trouve il courait rejoindre son amie, et tu vas bientôt voir sa bobine sur le palier. C'est fou, cette propension chez moi à me faire des films. Je sais qu'il ne faut surtout pas que j'ouvre les vannes du fantasme. Sans quoi ça peut être terrible, du non-stop, du matin au soir.

Le lendemain, j'avais rendez-vous à l'institut pour mon soin anti-âge absolu et tout le bastringue. Pendant le soin qui n'était pourtant pas de tout repos et qui aurait pu s'appeler malaxage intensif du visage, je n'ai pas arrêté de penser au voisin. Je me suis dit que j'étais cuite. Je revoyais en boucle son sourire. Ne parlons pas du bain relaxant au lait d'ânesse où les conditions se prêtaient à une détente optimale, donc à la rêverie. Puis vingt-cinq minutes de massage à l'huile d'argan où je ne touchais plus terre. Après je me suis promis de ne plus penser à cet homme, je me rendais bien compte que c'était du n'importe quoi. Quand je suis sortie de là, je flottais. Ce lieu était le paradis de la détente. Et devant les prix exorbitants affichés à l'entrée, j'appréciais d'autant plus mon cadeau d'anniversaire. Je rentrais chez moi revigorée et déterminée à arrêter cette histoire de midinette ridicule qui n'avait pas même commencé.

Mon fils a renoncé au projet d'entrer dans l'armée. Sa copine lui reproche de ne pas tenir ses engagements et de changer d'avis sans arrêt. C'est vrai que ça fait des semaines qu'il nous bassine avec l'armée, qu'il ne s'habille plus qu'en treillis, qu'il passe son temps à faire des pompes, et qu'il réveille toute la maison à cinq heures du matin avec son alarme pour se rendormir aussitôt. Puis, du jour au lendemain, plus rien, comme si ça n'avait jamais existé. Mon fils a toujours eu une grande disposition à passer d'un extrême à l'autre, ce qui est déconcertant et épuisant pour son entourage. À l'école, c'était pareil, il était dans les starting-blocks, travaillait comme un fou, le jour, la nuit, ne dormait plus, passait son temps à réviser. Puis, tout à coup, c'était fini. Ça retombait comme un soufflé.

Sa copine n'a pas apprécié son brusque changement de cap, et a décidé de faire un break. Bien sûr, maintenant, il est très malheureux. J'ai tenté de lui expliquer que si elle ne l'aimait plus juste parce qu'il avait renoncé à faire l'armée, c'est qu'elle ne l'aimait pas vraiment, et qu'elle ne valait peut-être pas de se mettre dans un état pareil. Qu'est-ce que je n'avais pas dit là? Il m'a envoyée bouler et m'a dit que je ne comprenais rien à l'amour. Quand j'arriverai à avoir un homme dans ma vie, il pourra discuter avec moi, pour l'instant il fallait lui foutre la paix. Ce que je comprenais surtout, c'est que l'horizon s'assombrissait et que nous rentrions dans une période de déprime où la question de sa recherche de travail n'allait plus être au premier plan. J'en suis même venue à demander à ma fille si elle n'avait pas une copine célibataire sous la main à présenter à son frère. Je ne me sentais pas de refaire une traversée du désert comme l'année dernière. Elle m'a regardée de haut. Ça ne l'étonnait plus que son frère soit frappé. Il n'est pas question qu'elle mette une de ses copines dans les pattes de cet obsédé. Il ne peut pas rester célibataire quelque temps comme tout le monde ? Sinon, ça veut dire qu'il a vraiment un grain. Et là, il faut qu'il aille voir un professionnel. D'ailleurs on devrait y aller ensemble, parce qu'il doit avoir de sacrés problèmes avec sa mère pour avoir des relations aussi « zarbi » avec les filles.

Je pense qu'on s'est fait avoir avec le lapin, ce n'est pas un *toy* comme le vendeur nous l'a certifié, ce n'est pas possible, il grossit à vue d'œil. Et plus il grossit, plus c'est une catastrophe ambulante. Il a dû uriner à peu près partout dans l'appartement. Avec une préférence pour les surfaces molles – canapé, lit, fauteuil. Bien sûr, je hurle. Ma fille pleure, elle prend son lapin dans les bras comme si elle voulait le protéger de moi. Je l'entends qui lui dit tout bas, viens mon amour, grand-mère est trop méchante, elle n'aime pas les animaux, elle ne comprend pas qu'un lapin ça a besoin de gambader, de se dépenser. Je crie qu'un lapin, ça doit gambader dans les prés surtout, à la campagne, pas dans un appartement. Et je ne parle pas des fils électriques qu'il a attaqués dans presque toutes les pièces. Il a même bousillé une lampe dans le salon. Mon fils passe dans le couloir tel un fantôme. Avec une voix d'outre-tombe, il me met en garde, les lapins ont le cœur fragile, il faut que j'arrête de hurler, sinon je vais le faire crever. Il ajoute que quand je crie, je fais vraiment très peur. Alors il imagine que, pour le lapin, ça doit être la guerre.

Quand ma fille, la grande, ouvre le frigo, la plupart du temps, elle trouve qu'il n'y a rien à manger même si je viens de faire les courses et que le frigo est plein. Je lui suggère d'aller faire un tour à la supérette en bas de la maison et de s'acheter ce qu'elle veut. En général, ça la calme, elle ne répète pas deux fois sa remarque. Quand mon fils ouvre le frigo, même s'il est vide, il ne se plaint jamais, il trouve toujours quelque chose à manger. Il n'hésite pas à ouvrir des boîtes de conserve s'il le faut. Dans sa chambre, il m'arrive de tomber sur des boîtes de maïs, de thon, de haricots verts. Il n'est pas difficile. En général, après avoir englouti ce que j'ai acheté pour lui, il attaque ce qui est destiné à ses sœurs. Souvent elles sont obligées de planquer des paquets de gâteaux dans leur chambre. Il est capable d'en descendre un en cinq minutes quand elles mettent la semaine. Il peut très bien aussi manger ce que j'ai cuisiné pour le dîner. Ce qui me met en général très en colère. Je l'envoie alors faire les courses et lui demande de préparer le dîner. Il s'exécute sans broncher, il ne voit pas où est le problème. Il revient avec des plats cuisinés, type cordon bleu ou croque-monsieur que la petite refuse de manger. Elle dit que ce n'est pas de la nourriture saine et qu'il y a dedans plein de sucres et de sels ajoutés.

Il y a vraiment des fois où j'ai envie de leur dire, « salut la compagnie, je prends des vacances. Dé-mer-dez-vous ».

Avec la petite, nous avons croisé le voisin sur le palier. Il sortait, je rentrais. Il est venu me serrer la main. J'ai souri béatement et lui ai dit, « Ah bonjour, ça va ? », comme si on se connaissait très bien et qu'on avait discuté la veille. Il faut dire que j'avais beaucoup pensé à lui ces derniers temps. Il a marqué un petit temps d'arrêt, sans doute un peu étonné de mon enthousiasme, et m'a répondu avec un grand sourire, « bien, bien, et vous ? ». Puis, on est restés comme deux idiots sur le pas de ma porte, ne sachant plus quoi se dire, avec ma fille qui nous regardait l'un après l'autre. À un moment, elle a lancé, « bon on rentre maintenant ! ». J'ai dit : « Au revoir alors. » Alors quoi ? Je ne sais pas. Alors, puisqu'on n'a plus rien à se dire. Alors, puisque ma fille est pressée. Alors, puisqu'on est gênés. Une fois rentrées, et la porte fermée, j'ai regardé par l'œil-de-bœuf, j'ai attendu qu'il entre dans l'ascenseur et que les portes se referment. Quand je me suis retournée, mes deux filles m'observaient. La grande a soupiré, « eh ben, on n'est pas rendu ! ».

D'accord, je devrais l'inviter à boire un verre. Ça dédramatiserait la situation, et cela me permettrait d'être dans la réalité.

Souvent lorsque nous dînons, je ne sais plus quoi dire à mes enfants. J'essaie de lancer des discussions mais elles s'écrasent sur la table. Il faut voir leur tête, surtout les grands, ils n'inspirent pas l'échange. Ils engloutissent et quittent la table aussitôt leur dernière bouchée avalée. Ils emportent avec eux leur assiette, leurs couverts et leur verre qu'ils déposent dans l'évier. Ce qui reste sur la table est pour ma pomme. Ils sont pressés et ont toujours quelque chose de très important à faire. Leur business n'attend pas. J'entame à peine le plat de résistance quand je me retrouve seule. Je me mets alors à philosopher. Finalement les enfants ne sont-ils pas toujours de passage ? Ils nous font croire qu'ils occupent notre vie alors qu'ils ne font que la traverser. Gare à ceux qui se sont laissé bercer par l'idée que leurs enfants leur appartenaient et qu'ils rempliraient pour toujours leur existence. Le réveil risque d'être brutal.

Ma mère, par exemple, ne s'est toujours pas réveillée de la grande illusion. Elle pense toujours que mes frères et moi lui appartenons et qu'elle a le pouvoir de nous faire changer. Ce qui crée forcément des tensions et des conflits qu'elle ne comprend pas. Elle ne renonce jamais à vouloir manager notre vie. C'est un bras de fer permanent. Mes frères l'affrontent, moi je l'esquive. Quand ça part en live, je ferme la porte, ou je raccroche. Je suis désolée, j'ai du travail. En général, le travail est un mot magique qui la calme un temps. Sans doute parce qu'elle souffre secrètement de n'avoir jamais travaillé. Mais je sais qu'elle n'a pas dit son dernier mot et, qu'à un moment ou un autre, elle va revenir à la charge et essayer de me prouver que j'ai tort. Elle est infatigable. Et surtout, elle n'a que ça à faire.

J'ai oublié comment j'étais avant d'avoir des enfants. Ça fait tellement d'années que ma vie s'articule autour d'eux, que je ne sais pas comment je serais si personne ne m'attendait le soir pour me raconter des histoires abracadabrantesques ou pour hurler qu'il a faim. Si je n'avais plus de courses à faire, ni de lessives, plus de vacances à organiser, plus de devoirs à superviser, plus de réunions de parents d'élèves, plus à crier, plus de listes à faire pour ne rien oublier, plus de gueules de dix mètres de long, plus de chagrins à consoler. Si je n'avais plus que moi à qui penser.

Alors, est-ce que tu peux m'acheter des serviettes, oui ou non ? Ma fille, la grande, est devant moi, en train de gesticuler et de s'énerver parce que, comme d'habitude, je ne l'écoute jamais. Je suis très concentrée sur un dessin que je devais rendre la veille, j'avoue que je ne l'ai pas entendue entrer dans mon bureau, et n'ai pas saisi le sens de sa question. Je mets un certain temps à comprendre qu'il s'agit de serviettes hygiéniques et non de serviettes de toilette. Quand je croise son regard, elle est furieuse. Peut-être est-elle là depuis longtemps ? Manifestement, elle attend une réponse claire de ma part. Et sa requête ressemble à une question de vie ou de mort. La mémoire me revient doucement. Ah oui, c'est vrai, ma fille a honte d'aller s'acheter des serviettes à la pharmacie. Elle n'y arrive pas. Elle a essayé plusieurs fois mais devant la vendeuse, elle reste bloquée et repart avec autre chose. Je peux bien lui rendre ce service, merde, je suis sa mère quand même. Il n'y a qu'à moi qu'elle peut demander ça. Allez, c'est hyper important, sinon elle ne peut pas sortir. Je lui fais remarquer que là je suis en plein boulot et qu'elle aurait pu me le dire hier quand je suis allée faire les courses.

Dix minutes plus tard, je remonte dans l'appartement avec deux paquets de serviettes à la main. Ma fille me saute au cou. Elle me remercie, je suis une mère géniale. La mère la plus extraordinaire du monde. Elle ne sait pas ce qu'elle ferait sans moi.

Vers midi, mon fils tape à la porte de mon bureau. Apparemment, il vient de se lever. Il s'affale sur le fauteuil club à côté de moi, et renverse sa tête en arrière. Genre, il est crevé. Qu'est-ce qui lui arrive encore ? Je lui conseille de penser à ses petits camarades qui travaillent ou font des études pendant que lui se la coule douce, ça l'aiderait à se bouger. Je lui rappelle aussi ses engagements de début d'année, travailler, se confronter au monde professionnel. Il commence à s'énerver, pourquoi faut-il toujours que je sois désagréable au réveil ? Il vient à peine de se lever et je lui mets déjà la pression. Cool. Est-ce qu'il peut commencer sa journée tranquille dans cette maison ou c'est pas possible ? Je lui fais remarquer que sa journée commence à l'heure où la plupart des gens font leur première pause. Moi, si ça l'intéresse, ma journée a commencé à sept heures ce matin. Depuis, j'ai eu le temps d'accompagner ses sœurs à l'école, de revenir, de me doucher, de ranger la maison, et de me mettre au travail depuis au moins trois heures. Il me répond en s'étirant et en bâillant que c'est la vie que j'ai choisie, qu'il fallait réfléchir avant d'avoir des enfants et d'accepter ce boulot de stressé. Je regarde mon fils et je me demande s'il est normal. Avant de sortir du bureau, il vient m'embrasser. Est-ce qu'il peut commander une pizz'? Il a trop la dalle.

Très régulièrement, la grande dépose des listes de courses sur la petite table à l'entrée. En tête, il est écrit en gros : « À acheter. » Gâteaux et friandises côtoient bain douche et crayons de papier. La petite repasse derrière, elle barre avec un gros feutre ce qui ressemble à des cochonneries. De toute façon, pour la grande, ce que j'achète ne va jamais; ce ne sont ni les bonnes céréales, ni le bon shampoing, ni la bonne marque de fromage. Je suggère à ma fille d'aller faire les courses elle-même, ainsi elle pourra choisir exactement ce qui lui plaît. Ma fille hausse les épaules et va s'enfermer dans sa chambre. Nous savons bien, l'une et l'autre, qu'elle n'ira jamais. Mon fils, lui, n'attend qu'une chose : que ses sœurs et moi ayons rangé et pensions à autre chose pour venir rôder dans la cuisine et se goinfrer.

Nous prenons notre petit déjeuner, mes filles et moi, quand mon fils arrive dans la cuisine. Il porte un costume cravate, une chemise propre mais pas repassée, il est rasé de près et a un dossier noir sous le bras. Il est fier de nous annoncer qu'il a rendez-vous avec le gars de l'ANPE. Il ajoute que si ce con ne lui trouve pas du taf tout de suite, il va lui-même déposer ses CV dans des restos. Sa sœur le prévient que s'il n'a pas une formation de serveur, il n'a aucune chance d'être embauché. Elle a un de ses potes qui a essayé pour se faire un peu d'argent, il a été refoulé partout. Il lui garantit que son pote doit être un gros naze parce que ça ne doit pas être bien difficile de mettre et débarrasser une table. Il y a toujours un moment où mon fils m'inquiète. Ma fille se lève et lui rigole au nez, comme d'habitude, il se croit plus malin que les autres. Il lui rétorque avec son flegme habituel qu'il n'a pas de leçon à recevoir d'une bourgeoise, qu'elle arrête de lui parler et qu'elle aille réviser son bac de français. Quand il aura monté son resto et qu'elle sera en train de galérer en fac de psycho, on verra bien qui rigolera le dernier.

Ma fille, la grande, entre comme une furie dans mon bureau et me lance, énervée comme si j'étais responsable :

– Maman, j'arrête pas d'éternuer !

– Et ? Qu'est-ce que je peux faire ?

Je sors de chez moi, prends une grande respiration et sonne chez le voisin. Il ouvre tout de suite, comme s'il était derrière la porte. J'ai la main dans les cheveux, je suis en train de me recoiffer. Il semble un peu surpris, comme s'il attendait quelqu'un d'autre. Ça me déstabilise complètement, c'est affreux, je dois être écarlate. Comme après avoir dit bonjour, j'ai du mal à enchaîner, il me demande un peu amusé s'il peut faire quelque chose pour moi. Je saute dans le vide. Avec les enfants, on voudrait l'inviter à boire un verre. Il marque un petit temps d'arrêt avant de me faire un grand sourire qui me transperce la poitrine. Il finit par me répondre, « avec plaisir ». Je ne touche plus le sol ou je fonds, au choix. Nous convenons de dix-huit heures trente après-demain. Je referme la porte de chez moi, je m'adosse un instant contre le mur, je transpire comme une débutante. Mes mains sont moites, mon cœur cogne dans mon ventre. Vingt ans de vie maritale et j'en suis là. J'ai l'impression d'avoir perdu tous les codes amoureux, d'être une gamine, une gourde qui ne sait plus comment s'y prendre. Dans le salon, la télé est à fond, mon fils est affalé dans le canapé, les pieds sur la table basse, son ordinateur sur les cuisses, il est en train de se goinfrer de chips. La grande est en culotte à quatre pattes par terre en train de faire sa gym avec ses écouteurs sur les oreilles, et la petite essaie de mettre ses lunettes de vue à son lapin qui semble terrorisé. Tout à coup, j'angoisse, j'ai très peur de l'apéro avec les enfants.

Quand je pense aux heures qu'on peut passer au début d'une relation à raconter sa vie, son enfance, ses souvenirs, ses blessures, je ne sais pas si j'ai envie de recommencer ce cirque. Ça me fatigue d'avance. Ça serait bien si, avant de commencer une histoire d'amour, on pouvait donner à son futur partenaire une cassette avec une compilation de notre vie. On pourrait ainsi aller directement à l'essentiel.

Bon, les enfants, vous ne voulez pas lire un livre au lieu de passer votre temps devant l'ordinateur ou la télé ? Les deux grands me regardent comme si j'avais dit un gros mot. La grande me demande si je suis sérieuse, la petite me rappelle qu'elle lit tous les soirs le livre sur les lapins que je lui ai acheté. Mon fils, lui, ne dit rien, il me fixe, le regard vide, comme si j'étais une extraterrestre. Je leur explique que, moi à leur âge, je lisais au moins trois livres par semaine. Ma fille me signale qu'on n'est plus à mon époque. Maintenant, c'est la « lose de lire des livres ». Je regarde avec un pincement au cœur la bibliothèque qui occupe tout un pan de mur du salon où livres et CD sont mélangés. Bientôt ce seront des pièces de collection. Dans vingt ans, c'est sûr, plus personne n'aura une bibliothèque. Mon fils semble émerger de son mutisme et affirme avec un petit temps de retard, que « de toute façon, si tu veux savoir de quoi parle un livre, t'as qu'à regarder sur Internet, y a tous les résumés ».

Si on écoute mon fils, rien ne sert à rien. Ni de se crever à lire des heures un livre quand on peut lire le résumé en cinq minutes sur Internet. Ni de se fatiguer à obtenir son bac si c'est pour être au chômage après. Ni de ranger sa chambre pour qu'elle soit à nouveau en bordel. Ni de courir puisque de toute façon, on finira toujours par arriver là où on veut aller. Ni de travailler si c'est pour un jour avoir une retraite de merde.

Ma fille, la petite, aimerait inviter sa copine à dormir avec son lapin la semaine prochaine.

– Pourquoi avec son lapin ? Deux lapins à la maison, c'est trop pour moi.

Elle me supplie :

– Steplaît maman, c'est parce que mercredi prochain, c'est la Saint-Valentin.

– Et alors ?

– Comme ça, ils pourront passer la nuit ensemble et faire des bébés. Steplaît, ils sont trop amoureux.

Elle continue et m'apprend qu'elle a déjà tout préparé, elle a fabriqué un nid douillet avec une vieille capuche capitonnée et lui a écrit une carte d'amour. Elle me la montre – deux lapins sont enlacés dans un gros cœur rouge, et il y a un poème dessous : « Je t'aime plus que tout au monde. Tu es ma fleur, mon ange, j'admire tes oreilles mobiles, ta rapidité, et ton élégance. »

– Allez, steplaît.

Mon fils a trouvé un boulot dans un restaurant. Il fait croire à sa sœur qu'il est en salle. En fait, il est à la plonge et m'a fait jurer de ne rien dire. Il a ajouté que, de toute façon, c'était très provisoire. Il n'a pas l'intention de faire de vieux os là-bas. C'est juste histoire de voir et de comprendre de l'intérieur comment fonctionne un restaurant. Déjà, il s'est aperçu que « tout le monde se faisait grave exploiter ». Ils en sont tous à plus de dix heures de travail par jour. Il a envie de les dénoncer aux syndicats de la restauration, mais il attend d'abord de se faire un peu de blé. En plus, le patron lui a proposé un salaire de misère déclaré à mi-temps, l'autre moitié est payée au black. Il tient six mois et après il se fout au chômage.

J'avais briefé les enfants – pas de chamailleries, pas de questions indiscrètes, on reste poli, on ne mange pas tous les biscuits apéro, on essaie de mettre à l'aise notre invité, on ne raconte pas d'histoires débiles, on ne coupe pas la parole et on essaie d'être naturel. Mon fils a ricané, ça va, on ne reçoit pas le ministre non plus, c'est juste le voisin, je le connais, c'est un mec cool. Ça ne me rassure pas vraiment, on connaît ses fréquentations de voisinage.

Quand il a sonné, les deux filles se sont disputées pour aller ouvrir la porte, la grande est arrivée la première et l'a fait entrer, la petite n'était pas contente, elle a dit bonjour en faisant la tête. Quand j'ai poussé les pieds taille 47 de mon fils de la table basse, il m'a dit, « cool, respire ». J'étais déjà au bord d'exploser. Le voisin est arrivé vers moi en souriant, il semblait plutôt content d'être là. J'avais peur que cela ne dure pas. Il m'a tendu une bouteille de champagne et s'est excusé de ne pas m'avoir apporté un bouquet de fleurs. La grande a déclaré : « C'est pas grave, ma mère déteste les fleurs, elle trouve que ça sert à rien et que ça pourrit trop vite. » Le voisin ne s'est pas démonté, il s'est marré : « Bon ben alors j'ai bien fait. » J'avais envie de tuer ma fille. On s'est assis autour de la table basse et mes enfants se sont affalés sur le canapé, notre invité n'avait donc plus de place. J'ai proposé à mon fils de se lever et d'aller chercher du jus d'orange. Il s'est indigné, pourquoi je ne demandais pas à ses sœurs. J'ai esquissé ma tête de sorcière et il a filé. J'ai invité le voisin à prendre place sur le canapé. La grande m'observait avec un petit air narquois comme si elle attendait que je me plante. Mon fils a proposé d'ouvrir la bouteille de champagne. J'ai dit O.K., mais alors tu ne fais pas sauter le bouchon, s'il te plaît. Le bouchon a failli atterrir sur la tête de la petite. Les deux grands ont voulu prendre un verre de champagne. Mon fils a goûté et dit, avec un air écœuré, que c'était dégueulasse, qu'il préférait le jus d'orange. La grande n'a rien dit, elle a sifflé son verre et celui de son frère. Je lui ai fait les gros yeux mais elle faisait exprès de ne pas comprendre, elle a lancé tout haut, « quoi, qu'est-ce que j'ai fait encore ? ». Pendant presque deux heures, nous n'avons pas pu avoir une conversation suivie, nous avons été sans arrêt interrompus par les enfants. Puis, après avoir englouti la quasi-totalité des biscuits apéro, mis le souk sur la table basse, monopolisé l'attention et les conversations, après que la petite eut montré au voisin tous les tours qu'elle avait appris à son lapin, soudainement ils ont disparu. On ne les intéressait plus. Ils nous ont laissés en tête à tête. Un grand vide et un grand silence ont envahi le salon. Je me suis excusée du comportement de mes enfants, ils sont vraiment très malpolis. Il m'a dit de ne pas m'inquiéter, il savait ce que c'était, il a aussi un fils de dix-huit ans qui vit chez son ex-femme. En une seule phrase, il venait de m'apprendre qu'il était hétéro, divorcé et seul. Ce n'était que des bonnes nouvelles, mais j'étais tellement énervée à cause des enfants que je n'arrivais plus à être disponible. Le charme était rompu. Peut-être l'a-t-il senti, il m'a annoncé qu'il allait me laisser, il devait justement récupérer son fils. Je l'ai raccompagné jusqu'à la porte, sans demander aux enfants de venir lui dire au revoir. Ceux-là, ils allaient m'entendre après. Il m'a remerciée pour l'invitation, il était très content d'avoir fait ma connaissance et celle de ma petite famille. J'avais du mal à le croire, j'étais décomposée. Avant que je ne referme la porte, il m'a proposé, un peu gêné, de m'emmener dîner un soir, il connaissait un restaurant très sympa dans le quartier. Ça m'a un peu remonté le moral, tout n'était pas perdu. J'ai accepté, mais à une condition : sans les enfants.

J'étais en train de ranger quand les enfants ont déboulé dans la cuisine, mon fils s'inquiétant de ce qu'on allait dîner. Je l'ai regardé avec surprise et lui ai demandé s'il plaisantait. Avec ce qu'il venait de s'envoyer à l'apéro, il avait encore faim ? Il m'a fait remarquer qu'il faisait un mètre quatre-vingt-cinq et quatre-vingts kilos, c'est pas des cacahuètes qui allaient le nourrir. Les filles ont voulu savoir où était le voisin, elles ne lui ont même pas dit au revoir. Pourquoi je ne les ai pas appelées ? Je sentais la colère monter. Est-ce qu'ils se rendaient compte à quel point ils avaient été malpolis ? La grande ne voyait pas, et puis ça va, je ne vais pas me marier avec lui non plus, on s'en fout un peu du voisin, non ? J'ai dû faire ma tête bizarre, parce que tout le monde a déguerpi en une seconde. Dans le couloir, j'ai hurlé, et si quelqu'un a faim, il reste des chips et des olives. Moi je vais me coucher.

Ma mère est arrivée avec ses gros sabots et un gratin qu'elle venait de sortir du four, comme ça je n'avais pas besoin de cuisiner à midi. Je lui ai dit que c'était très gentil mais que je n'avais pas l'intention de cuisiner de toute façon. En général, le midi, je grignote devant mon ordinateur un bout de pain et du fromage ou ce qui me tombe sous la main. Elle s'est exclamée que ça ne l'étonnait plus maintenant que je sois aussi maigre. Heureusement qu'elle était arrivée, j'allais au moins faire un vrai repas. Elle s'occupe de tout et m'appelle quand c'est prêt. Quand je vois la table dressée avec deux assiettes, je lui explique que c'est très attentionné de sa part mais que je n'ai absolument pas le temps de déjeuner, que j'ai un travail très urgent à rendre ce soir. Elle me fait remarquer que de toute façon, j'ai toujours un travail urgent. Qu'est-ce que ça me coûte de m'asseoir dix minutes pour déjeuner calmement et discuter avec ma vieille mère ?

J'avais à peine mis la première bouchée de gratin dans la bouche qu'elle me dit, tu sais, si tu as besoin que je te garde les enfants un soir dans la semaine, n'hésite pas. Je fais semblant de ne pas comprendre où elle veut en venir et lui rappelle l'âge de mes aînés. Je pense qu'ils peuvent aisément garder leur petite sœur au cas où, on ne sait jamais, j'aurais besoin de sortir. Elle ne peut pas s'empêcher d'ajouter que ce sont mes filles qui lui ont dit que j'allais peut-être au restaurant avec le voisin. Alors il est comment ? Tu ne me racontes jamais rien. Il faut toujours te sortir les vers du nez, à toi.

Je n'aime pas que ma mère vienne dans mon appartement quand je n'y suis pas. Elle fouine partout et déplace mes affaires. Ce n'est jamais assez bien rangé ni assez propre. Elle se met alors à faire le ménage à fond. Quand je reviens, elle se plaint, elle est épuisée. Bien sûr, on s'engueule, je ne lui ai rien demandé. Elle me répond que c'est plus fort qu'elle, qu'elle ne peut pas s'en empêcher. Elle ne va pas rester assise à regarder la poussière sans rien faire ? Des fois, j'ai l'impression de lui ressembler quand je me mets à crier sur les enfants pour qu'ils rangent leur chambre ou lorsque je me mets à lessiver les murs comme une folle, à faire les placards de fond en comble, j'ai la sensation que ma mère est dans mon corps et qu'elle dirige mes gestes. Ça me fait tellement peur qu'il m'arrive d'arrêter net et de tout laisser en plan.

Je ne sais pas ce qui se passe dans cette maison avec le papier toilette. C'est pas possible, j'ai l'impression que mes enfants le mangent, je passe mon temps à en acheter. Je ne supporte plus quand ils sont dans les W.-C. et qu'ils crient « Maman, y a plus de papier ! ». Comme si j'étais responsable du stock. Ils ne peuvent pas s'apercevoir avant d'y aller qu'il n'y en a plus ? Non, ils attendent d'être sur le trône. Dernièrement, j'ai prévenu tout le monde, plus question de m'appeler s'il n'y a pas de papier. Que les choses soient claires, je ne viendrai au secours de personne. La petite a bredouillé : « Même pas de moi ? » De personne, j'ai dit, vous vous débrouillez, vous prenez vos dispositions avant. Ce n'est plus possible que j'arrête mon travail en plein milieu ou que je raccroche avec un client parce que mes gosses n'ont pas de papier dans les toilettes. Mon fils ne semble pas concerné par cette nouvelle directive, il s'en fout, comme du reste. Il se dit qu'il trouvera toujours un moyen de se débrouiller comme d'appeler ses sœurs ou de s'en passer. La grande me regarde de travers comme si j'étais une mère abominable en train d'abandonner ses petits.

Pour les dix-sept ans de la grande, mon ex-mari a proposé que nous allions au restaurant tous les cinq, « comme avant », a-t-il ajouté. Pendant le repas, il n'arrêtait pas de répéter, « on est pas bien, là, tous ensemble ? ». La grande a fini par dire, « bon, papa, on a compris là, tu vas pas te mettre en boucle, c'est mon anniversaire ! ».

Quand mon ex-mari nous a raccompagnés en bas de l'immeuble, les enfants se sont précipités à l'extérieur de la voiture. Mon ex-mari m'a retenue par le bras, il a voulu savoir si c'était vrai cette histoire avec le voisin et ce qui se passait exactement entre nous. Je lui ai signifié qu'il était quand même un peu gonflé de me parler de mon voisin alors que ça fait plus d'un an qu'il vit avec une femme. Il m'a regardée comme si je venais de l'insulter et m'a rappelé qu'il m'avait déjà expliqué plusieurs fois que cette histoire ne comptait pas, c'était en attendant. En attendant quoi ? J'ai questionné. « En t'attendant toi », m'a-t-il répondu.

Mon fils rentre de son travail au restaurant, il se jette de tout son long sur le canapé du salon avec son blouson et ses chaussures. Est-ce que je peux lui apporter un Coca ? Il est le-ssi-vé, il a travaillé comme un forcené toute la journée, c'est des bœufs dans ce resto, vivement les vacances ! De quelles vacances il parle ? Ça fait une semaine qu'il travaille. Il ne va pas recommencer avec cette histoire. Je lui signale qu'il ne risque pas d'avoir de vacances avant au moins un an maintenant. Il me demande si je rigole, il est hors de question qu'il reste dans ce resto pourri pendant un an, est-ce que je l'ai bien regardé ? Déjà, s'il arrive à tenir quatre mois pour toucher les ASSEDIC, ça sera bien. Ensuite, cool, il restera tranquille pendant six mois, puis se retrouvera un autre taf pendant quatre mois, puis repos six mois, et ainsi de suite. Déjà je devrais être contente qu'il bosse et n'attende pas d'avoir vingt-cinq ans pour toucher le RSA comme la plupart de ses potes.

C'est sûr, vu sous cet angle, son père et moi devrions nous réjouir que notre fils nous fasse l'honneur d'aller travailler quatre mois par an.

La petite me dit en embrassant son lapin :

– Tu sais que tu vas bientôt être arrière-grand-mère ?

– C'est formidable, mais je ne savais pas que j'étais déjà grand-mère.

Ma fille me regarde d'un air désespéré, en me montrant son lapin :

– T'as oublié que j'avais un fils ou quoi ?

Ah oui, pardon, le lapin.

– Comment ça, je vais être arrière-grand-mère ?

Avec une certaine fierté, ma fille m'apprend, que ça y est, la copine lapine de mon petit-fils attend des bébés. C'est pas une bonne nouvelle, ça ? Elle a déjà tout organisé. Pour ne pas perturber les petits, dans un premier temps, ils resteront avec la maman, c'est elle qui emmènera le papa voir les bébés. Puis, quand ils seront sevrés, ils pourront rendre visite au papa, c'est-à-dire que la horde viendra à la maison. Et les autres arrière-grands-parents, qu'est-ce qu'ils pensent de toute cette organisation ? Elle me répond qu'ils sont très contents et qu'ils attendent l'heureux événement avec impatience. Je suis au pays des fous mais je me garde bien de dire quoi que ce soit. Je ne veux surtout pas gâcher à ma fille sa joie d'être grand-mère.

Chaque soir, avant de m'endormir, je pense au voisin, j'ai la poitrine qui se serre comme si j'allais repasser l'oral de français. J'écoute de la musique et je me mets à rêver que je suis dans ses bras et qu'on s'embrasse passionnément. Je n'ai jamais été une grande romantique, au grand dam de mon ex-mari, ça serait quand même le comble que je le devienne à quarante-deux ans.

Avachi sur le canapé, mon fils m'observe préparer le dîner. Je suis étonnée qu'il ne soit pas devant la télé ou devant son ordinateur. Je lui demande ce qui se passe, pourquoi il me regarde comme ça. Il trouve que j'ai eu un sacré courage d'avoir fait autant d'enfants, et des pas faciles en plus. Lui, il n'a pas envie d'en avoir, il ne veut pas être responsable ni s'emmerder. Il veut être libre. Il voudrait faire le tour du monde avec sa femme plus tard. Ils partiraient à l'aventure, ils iraient de pays en pays au gré des rencontres et de leurs envies. De temps en temps, ils reviendraient voir les parents et les amis qui se sont fossilisés, puis ils repartiraient découvrir d'autres lieux. En l'écoutant, je me dis deux choses : de un que son père serait ravi d'entendre sa conception de la liberté et de deux, qu'entre sa sœur et lui, je ne suis pas près d'être grand-mère. Heureusement qu'il y a ma dernière pour s'occuper de l'arbre généalogique.

Dans la voiture, ma fille, la grande, me regarde depuis un petit moment avant de me lancer, de but en blanc, ça ne te saoule pas, toi, de vieillir ? Moi, j'ai pas envie d'avoir des rides et des cheveux blancs, c'est horrible. Je lui explique en souriant qu'elle a bien le temps de voir venir, elle n'a que dix-sept ans. Et puis la vie est bien faite, elle ne va pas avoir des rides et des cheveux blancs en cinq minutes, ça se fera petit à petit. De plus, il y a une maturation psychique qui permet d'accepter au fur et à mesure de vieillir. Elle n'a pas l'air très convaincue. Après l'avoir déposée devant le lycée, avant de redémarrer, je jette un coup d'œil dans la glace du rétroviseur. Je passe mon doigt sur les rides qui sont autour de mes yeux, je souris pour les accentuer. Quel malheur !

Finalement, je ne suis pas sûre que le travail psychique soit arrivé à maturité chez moi.

Au restaurant, avec le voisin, nous avons discuté jusqu'à la fermeture, puis encore deux heures en marchant dans les rues. À ma grande surprise, avec beaucoup de naturel et un certain plaisir, je lui ai raconté ma vie, mon enfance, et lui, la sienne. Tout était simple et spontané. Je ne m'étais pas sentie aussi bien avec un homme depuis longtemps, peut-être depuis le début de ma relation avec mon ex-mari. Cet homme était tout ce que j'aimais, drôle, attentionné, bon vivant, il me faisait fondre, son sourire surtout. Nous sommes rentrés vers trois heures du matin. Dans l'ascenseur, nous nous sommes regardés. J'étais dans un état second, perfusée à l'ocytocine. Devant ma porte d'entrée, nous nous sommes embrassés. Je ne touchais plus le sol.

J'ai traversé mon appartement en flottant. J'étais transportée, comme shootée. Impossible de m'endormir avant le petit matin. Ce sont les enfants qui m'ont réveillée. La grande a crié qu'on était grave à la bourre. Tout le monde pestait, courait dans tous les sens. Mon fils était furax, il disait qu'il allait se faire virer. La grande lui a répondu qu'il abusait, qu'il était en retard tous les matins. La petite encore en pyjama pleurait, son lapin dans les bras.

Bienvenue dans la vraie vie.

Dans la voiture, on entendait les mouches voler. La petite sanglotait, la grande faisait la gueule. J'ai d'abord déposé la petite à l'école, mais comme la cloche avait sonné, j'ai été obligée de l'accompagner. En reniflant, elle m'a fait remarquer que je n'étais pas coiffée et que j'avais encore mes chaussons aux pieds. J'ai rassemblé mes cheveux en une espèce de chignon que j'ai accroché avec ce que j'ai trouvé dans mon sac, un stylo Bic quatre couleurs. La directrice a ouvert la grille, en fronçant les sourcils, elle n'avait pas l'air contente. Elle n'a fait aucun commentaire mais elle n'en pensait visiblement pas moins. Elle a pris ma fille par l'épaule, et lui a fait un sourire du genre, ma pauvre petite, tu n'es pas aidée avec une mère pareille. Elles m'ont tourné le dos, ni au revoir, ni merde. Dans la voiture, la grande n'a pas décroché un mot jusque devant le lycée. J'essayais de détendre l'atmosphère, de faire de l'humour, je lui posais des questions mais elle ne desserrait pas les dents. En sortant de la voiture, avant de claquer la portière, elle m'a lancé, « tu fais vraiment trop pitié ! ».

Quelques jours plus tard, je vais réveiller mon fils, il est plus de huit heures, il va encore être en retard. Dans un demi-sommeil, il m'explique qu'en fait, hier, il a complètement oublié de me dire que son patron lui avait donné quelques jours de congés. Comme je suis très étonnée, il continue ses explications vaseuses ; pour faire des économies, son patron aurait proposé à son fils de venir l'aider quelques jours, et donc, du coup, il n'aurait plus besoin de lui. Il lui a assuré que, dès qu'il aura fait rentrer un peu d'argent dans la caisse, il le rappellerait. Je lui signale que c'est totalement illégal, qu'il faut le dénoncer tout de suite. Mon fils me calme, me dit de ne pas m'inquiéter, il a la situation en main. Là, pour le moment, si je veux bien, il va récupérer de ses trois semaines de boulot, après il avisera.

Comme mon ex-mari ne croit pas un mot de cette histoire, il décide d'aller voir le patron du restau. Il n'est pas déçu. Celui-ci lui explique qu'il a été obligé de virer notre fils, qui devenait ingérable. Il arrivait tous les jours en retard, sans parler des fois où il ne venait carrément pas, sans prévenir. Une fois, parce qu'il avait passé la nuit aux urgences, son père étant à l'article de la mort. Il était d'ailleurs ravi de le voir en si bonne santé. Une autre fois, il avait été arrêté par la police et mis en garde à vue parce qu'on l'avait pris pour un bandit recherché. Une autre fois encore, il s'était fait attaquer par des voyous en venant au travail. Bref, il ne lui arrivait que des histoires extraordinaires. Le pire, c'est qu'au début, il l'a cru, il l'a même plaint, mais rapidement il s'est aperçu que ce garçon était un excellent acteur et que sa place était davantage sur une scène de théâtre que dans un restaurant.

Mon ex-mari sort de cet entretien déprimé. Maintenant, il en est sûr, y a vraiment quelque chose qui ne tourne pas rond chez notre fils. Alors, soit ça relève de la psychiatrie, notre fils est un grand mytho, il faut voir les choses en face. Soit c'est encore la fumette et là, il faut prendre le taureau par les cornes et l'emmener consulter un spécialiste, voire le faire entrer dans un centre de désintoxication.

J'ajoute : soit c'est un comédien qui s'ignore, et là il faut l'inscrire dans un cours de théâtre.

Au petit déjeuner, entre deux tartines, je signale à mes enfants que je vais inviter prochainement le voisin à dîner. Mon fils ne semble pas concerné par cette invitation, il est bien trop occupé avec son téléphone portable et son pain à tartiner. La petite saute de joie, elle prévoit de lui faire un dessin et un poème. La grande tire la tronche, elle dit, « on ne va pas passer notre vie avec le voisin non plus ».

La petite rentre de l'école en pleurs. Elle me saute dans les bras. Entre deux sanglots, elle m'explique que je lui ai manqué et qu'elle est chamboulée parce que son fils va bientôt être papa. Je la serre fort contre moi et la rassure, il ne faut pas qu'elle s'inquiète, tout va bien se passer. Quand la grande rentre du lycée, elle file direct dans sa chambre sans dire bonjour. Je vais taper à sa porte.

– Quoi ?

– Bonjour, tu as passé une bonne journée ?

– Ouais.

– Mais encore ?

– Ça va, tu vas pas commencer à me harceler.

Mon fils, lui, est sonné, il est allongé sur son lit. Il n'a pas bougé depuis la discussion qu'il a eue avec son père à propos de son renvoi du restaurant. Comme il est lent, je pense qu'il va mettre un certain temps à se relever.

Ma fille, la grande, entre dans mon bureau sans frapper, elle est sur son trente et un, maquillée, son petit sac Gérard Darel au bras. Elle voudrait que je l'accompagne tout de suite chez une copine, vite elle est super à la bourre. Je lui dis de prendre le bus, je suis en train de travailler. Ça va, je pourrais lui rendre ce service, toutes les mères de ses amies accompagnent leur fille partout, y a que moi qui la conduis nulle part. Je lui demande si elle plaisante. Est-ce qu'elle veut que je lui fasse l'inventaire de toutes les courses de taxi que j'ai faites ne serait-ce que cette semaine ? Elle me fusille du regard et me dit, « O.K., c'est bon, j'ai compris, moi en tout cas, quand j'aurai une fille, jamais je ne la laisserai prendre le bus ». Et elle claque la porte. Ce qui me fait sourire, c'est qu'elle veut bien envisager un jour d'avoir des enfants mais dans le seul but de faire différemment de moi.

Un soir, j'ai attendu que la petite soit endormie pour aller prendre le café chez le voisin. Elle a fait un cauchemar, s'est levée et m'a cherchée dans tout l'appartement. Elle a fini par aller voir sa sœur qui, sans pitié, lui a dit d'aller sonner chez le voisin si elle voulait voir maman. Le voisin a ouvert et m'a appelée. Ma fille était là, sur le pas de la porte, avec son lapin dans les bras et des larmes plein le visage. Elle me regardait comme si j'étais une étrangère. Pourquoi est-ce que je dormais chez le voisin ?

Je l'ai prise dans mes bras et lui ai expliqué que je ne dormais pas chez le voisin, que j'étais juste venue lui tenir compagnie. J'ai raccompagné ma fille dans sa chambre. Nous avons posé le lapin dans sa cage et recommencé le rituel, dire bonne nuit aux deux grands, puis au lapin, puis le pipi, puis le verre d'eau, puis la berceuse, puis le câlin, puis encore un petit verre d'eau, puis une histoire de quand j'étais petite, puis le bisou. Avant de sortir de sa chambre, elle m'a posé une dernière question : « C'est parce que le voisin habite seul que tu vas lui tenir compagnie ? » Un peu prise de court, je lui ai répondu que oui, c'était exactement pour ça. Elle m'a alors dit que quand son lapin aurait des bébés, elle lui en offrirait un.

La grande, énervée, déboule dans le salon en culotte, soutien-gorge, elle me lance qu'il faut absolument qu'on aille faire les magasins, elle n'a plus rien à se mettre. Je l'invite à mieux regarder, sa penderie va exploser, sans compter tous les vêtements qu'elle me pique et ceux de ses amies qu'elle emprunte et ne rend jamais. Elle me rappelle, au cas où je l'aurais oublié, qu'on n'est plus à mon époque, et qu'à la sienne, on s'échange, on se donne des fringues entre copines. Ça s'appelle l'esprit de communauté. Effectivement, j'ai remarqué ça, avec la brusque disparition du petit blouson en jean à 100 euros que je venais de lui acheter. Sans parler de mes pulls que je ne retrouve plus. Je lui signale que je ne suis pas Crésus et que je ne peux pas habiller la terre entière. Elles n'ont pas de parents, tes amies ? Elle me répond que je suis vraiment égoïste et que je ne pense qu'à moi. Elle a des amies qui ont des parents au chômage et qui ne peuvent pas acheter de vêtements à leur fille. Je pourrais quand même être plus généreuse et partager ce que j'ai avec un peu plus d'enthousiasme.

La petite s'inquiète de savoir quand est-ce qu'on pourra acheter une maison avec un jardin pour que son lapin et bientôt ses bébés puissent gambader dehors ? Je lui explique que je n'ai pas assez d'argent pour acheter une maison. Ma fille entoure ses bras autour de mon cou et me chuchote à l'oreille de ne pas m'inquiéter, je peux prendre tout l'argent qui est dans sa tirelire et même les 1 000 euros qui sont sur son compte en banque.

– Je tiens à te signaler que tes enfants sont très mal élevés, ils disent à peine bonjour et vont s'enfermer dans leur chambre, ils ne s'intéressent pas du tout à leur grand-mère. Sans parler de la manière dont ils causent, un gros mot à chaque phrase. Et puis rien, pas une petite carte quand ils partent en vacances, ni un petit coup de fil de temps en temps, c'est moi qui suis obligée de passer les voir. Remarque, avec l'éducation que tu leur donnes, ce n'est pas étonnant. Pourtant, je ne t'ai pas élevée comme ça, moi. Quand je pense que tu n'as même pas envoyé un faire-part à la famille pour la naissance de tes enfants. Bon, maintenant, est-ce qu'on peut me présenter l'heureux élu, oui ou merde ?

Je supplie ma mère de se calmer, il n'y a rien d'officiel pour le moment, je ne veux rien brusquer. C'est tout neuf, je n'en ai même pas parlé aux enfants même si je pense qu'ils se doutent de quelque chose. Quand j'explique à ma mère qu'il est comédien, elle pousse un cri, est-ce que j'ai perdu la tête ? Elle ajoute qu'heureusement que je travaille parce que c'est pas avec son métier qu'il va faire bouillir la marmite. Quand elle pense au mari que j'avais quand même, un bosseur comme lui, quel gâchis, j'étais tranquille avec lui, je pouvais faire mes petits dessins comme je voulais. On ne peut pas dire que je choisisse la facilité. Enfin, s'il me plaît. Et puis c'est bien pour les enfants, il aura au moins du temps pour les faire travailler, surtout le grand s'il décide de repasser son bac l'année prochaine. Parce qu'il va bien falloir qu'il se réveille celui-là, il ne va pas végéter comme ça éternellement. Si c'était elle, elle te le bousculerait, elle te lui donnerait une de ces claques pour lui remettre la tête à l'endroit.

Je m'apprête à sortir dîner avec le voisin quand la grande débarque de sa chambre, elle me toise de haut en bas et me demande si je n'ai pas peur « de me taper l'affiche » habillée comme ça. Cette robe rouge est ridicule sur moi. Je ne suis pas assez bronzée. Et puis ces talons compensés, ça ne va pas du tout avec, on dirait que je suis déguisée. Je vais lui faire peur, au voisin, dans cette tenue, il ne va plus me reconnaître. Elle, perso, elle s'en fout, c'est pour me rendre service qu'elle dit ça. Je me regarde dans la glace du couloir, je me trouve effrayante tout à coup. Je cours enfiler un jean, une chemise et des ballerines. Quand je repasse devant elle, je mets un doigt devant la bouche pour qu'elle se taise. Je n'ai pas envie de l'entendre me dire que cette fois, je suis habillée comme je le suis tous les jours.

Ça fait plusieurs soirs que mon fils ne rentre pas. Sa sœur est persuadée qu'il y a une fille là-dessous et que je ne vais pas tarder à rencontrer la « nouvelle femme de sa vie ». Il n'est pas du genre à attendre des lustres avant de nous présenter ses copines. Je pense que nous les avons toutes rencontrées. Il a un besoin impérieux de partager sa joie avec nous, de crier sur tous les toits qu'il est amoureux. Moi, si c'est ça, je suis ravie. Je vais pouvoir respirer, et il va de nouveau être disponible pour réfléchir à son avenir et reprendre ses recherches.

Un jour, en fin d'après-midi, mon fils arrive avec une jolie brune. « La femme de sa vie », dit-il en nous la présentant. Est-ce qu'elle peut rester dîner et dormir à la maison ?

La petite a débarqué dans mon bureau en criant que son lapin était allongé dans le salon et qu'il ne bougeait plus. Nous avons croisé sa sœur dans le couloir qui a chuchoté, en passant sa main sous sa gorge, « is dead ». Mon fils est sorti de sa chambre, torse nu, suivi de sa nouvelle copine avec mon peignoir sur le dos. Il avait pourtant prévenu tout le monde dans cette maison qu'à force de hurler, on allait le faire crever.

Le lapin était effectivement mort, le fil électrique déchiqueté à côté de lui laissait penser qu'il s'était électrocuté. J'ai eu un violent pincement au cœur en voyant cette petite boule de poils inanimée. Devant le chagrin de ma fille, je me suis retenue de lui demander pourquoi elle l'avait laissé sans surveillance dans le salon, elle savait bien qu'il y avait des fils électriques partout. Ma fille était tellement sous le choc qu'elle n'arrivait pas à articuler un mot. Je l'ai prise dans mes bras et lui ai dit de ne pas s'inquiéter, il n'avait pas souffert, et puis tout n'était pas perdu, sa petite copine lapine allait bientôt accoucher. Dans l'émotion, je le regretterais peut-être plus tard, je lui ai promis de prendre deux bébés. J'ai monopolisé toute la compagnie pour faire au lapin un enterrement de première classe dans le parc d'à côté. La copine de mon fils suivait le mouvement, elle ne semblait pas effrayée par la tournure pourtant très spéciale que prenaient les événements. Mon fils et elle se tenaient serrés l'un contre l'autre, comme s'ils allaient s'envoler. Comme la cérémonie durait un peu trop longtemps au goût de la grande, elle a commencé à s'agiter, elle a dit qu'on n'allait pas y passer la nuit. Elle avait un bac de français à réviser si ça intéressait quelqu'un.

Mon ex-mari m'a donné rendez-vous dans un café à deux pas de la maison, il avait quelque chose de très important à me dire. Il avait croisé ma mère qui lui avait annoncé que j'allais vivre avec le voisin. Il avait conscience qu'il était très mal placé pour me faire une scène de jalousie mais là, il se sentait le devoir d'intervenir, il en allait du bien-être de ses enfants et de l'avenir de sa famille. Il voulait m'éviter de faire une grosse bêtise. Je pouvais lui faire confiance, ça ne tiendrait pas, il en savait quelque chose et en plus, ça risquait de perturber les enfants inutilement. Il ne me donnait pas six mois avant que ça explose. J'ai terminé sa phrase, « et quand ça sera fini, tu seras là, quelque part, tapi dans l'ombre, et nous pourrons enfin revivre ensemble, comme avant ». Il m'a répondu que c'était une option tout à fait envisageable. En tout cas, je le remerciais de s'être déplacé pour m'apprendre que j'allais vivre avec mon voisin, je ne le savais pas moi-même.

Mon fils nous explique, à son père et à moi, qu'il aimerait prendre son indépendance maintenant. Comme c'est du sérieux avec sa copine, ils voudraient louer un appartement. C'est plus une vie d'être en couple chez son père ou sa mère. Ils aimeraient être seuls et ne plus avoir les parents sur le dos. Ils ont envie de faire les courses, de se cuisiner de bons petits plats, de décorer leur appartement à leur goût, d'avoir leur chez eux, quoi ! Mon ex-mari le regarde consterné, je ne sais pas s'il va éclater de rire ou de colère. Il finit par lui dire, « et travailler, tu n'en as pas envie, non? ».

Le voisin me prend dans ses bras, il m'embrasse dans le cou, il ne sait pas où nous allons tous les deux mais il est bien avec moi, ça fait longtemps que cela ne lui est pas arrivé.

Il me demande si je savais qu'il n'y avait pas de mur porteur entre son appartement et le mien. Comme je ne percute pas, il continue, il ne veut rien bousculer, il dit ça comme ça, mais peut-être qu'un jour, dans un futur proche, on pourrait mettre une porte communicante entre nos deux appartements.

La petite se précipite pour ouvrir la porte. Sa copine et l'autre arrière-grand-mère sont là, avec une caisse et deux bébés lapins dedans, couleur caramel, qui se tiennent serrés l'un contre l'autre. Ma fille saute de joie, je ne suis pas mécontente qu'elle retrouve le sourire. Les grands débarquent de leur chambre pour voir les nouveaux arrivants. Ma fille s'exclame qu'ils sont moches avant de retourner s'enfermer dans sa chambre. Mon fils les regarde d'abord avec indifférence, puis finit par soupirer que les pauvres, ils ne savent dans quelle famille de dingues ils sont tombés. Sa copine est sous le charme, elle n'arrête pas de répéter qu'ils sont trop mignons et qu'elle aimerait en avoir des comme ça quand ils s'installeront ensemble.

*

Avec le voisin, on a décidé d'organiser un pique-nique pour que nos enfants se rencontrent. Quelque chose d'informel, au grand air. Ma fille ne voulait pas venir, elle trouvait l'idée « naze ». Elle se contrefoutait du voisin, et encore plus de son fils de dix-huit ans. Mon fils, lui, ne venait que si sa copine l'accompagnait. Il n'y avait que la petite qui était enthousiaste. Elle voulait absolument m'aider à préparer les sandwichs et les salades.

Le fils du voisin n'avait pas l'air ravi non plus. Il nous a dit bonjour du bout des lèvres en faisant un grand mouvement de tête pour enlever la mèche qu'il avait devant les yeux. Pendant plusieurs heures, je n'ai pas vu mon fils et sa copine, ils ont préféré déjeuner en amoureux un peu plus loin. Quand ils sont revenus, ils ont passé leur temps à se bécoter. La petite est restée scotchée à mes basques pendant tout le repas. Elle nous observait avec le voisin, elle n'arrêtait pas de nous interrompre et de nous poser des questions. Puis elle nous a abandonnés quand elle a trouvé par terre des bestioles et s'est mis en tête de les dresser. La grande n'a pas desserré les dents du pique-nique, elle a ignoré le fils du voisin qui a pourtant fait plusieurs tentatives de rapprochement. J'ai essayé de lancer entre eux des discussions. En vain. Le fils du voisin a fini par lâcher l'affaire, il s'est assis sous un arbre et a passé le reste du temps à jouer sur ton téléphone portable. À plusieurs reprises, le voisin a essayé de faire rire les enfants avec des blagues. Elles ne faisaient rigoler que moi. Il a proposé des jeux qu'ils ont trouvé ringards, des sujets de conversation qu'ils ont dénigrés. J'observais mes enfants, leurs réactions étaient parfois si excessives, à la limite du caricatural, qu'ils arrivaient à me faire rire et même à m'émouvoir. En fait, je crois qu'ils m'inspiraient, ils me donnaient envie de les croquer sur une feuille de papier, d'en faire les héros d'une bande dessinée.

DU MÊME AUTEUR

Plein soleil, Buchet/Chastel, 2011
Amours et cha-cha-cha, Calmann-Lévy, 2004
Encore un peu de patience, Éditions Pétrelle, 2002 ; J'ai lu, 2003
Papa bis, Éditions Pétrelle, 2000 ; Points Virgule, 2002

CET OUVRAGE
A ÉTÉ TRANSCODÉ
ET ACHEVÉ D'IMPRIMER
SUR ROTO-PAGE
PAR L'IMPRIMERIE FLOCH
À MAYENNE EN MAI 2013

N° d'impression : 84913
Dépôt légal : mai 2013
Imprimé en France